顾桃 / 著 Author Gu Tao

U0588487

北京联合出版公司
Beijing United Publishing Co.,Ltd.

"我本是草原上一匹无羁的野马，却在现实与理想中挣扎。"

——顾桃

刚上初中的时候，我的班主任老师叫德喜华。她是达斡尔族，个头很小很严厉，但我怕她，因为如果我不听话，她会把我在学校、在她面前犯下的错告诉我妈。我又算是听话的孩子，不愿意让我妈在我身上费神费力，所以就会小心听从德喜华老师的一切教导，包括写日记这事。

德老师规定的课外作业就是写日记，还要交日记，然后评分。我们有想法又不敢言语，只好每天流水账一样地记，只是不写真正的心里事，心里事记在另一个带锁的本子上。德老师做我班主任的两年里，我写了很多本日记，被打过分的现在还在我妈家的柳条箱里，带锁的日记本却找不到了，可能那才算是真正的日记。

总之，我养成记日记的习惯是从初中开始的，感谢德老师的严厉和我的听话。

再以后我算是自由了，离开大兴安岭，离开了鄂伦春的家，上了艺术学院。毕业后在呼和浩特谋生，后又北漂，没有工夫写日记。日子也像水一样流逝，感觉生活也就那么回事，被生下来就得活着而已。直到十几年前，我茫然无望的生活有了变化，放弃了为生存而活的方式，误打误撞地做了独立纪录片，才恢复了写日记的习惯。一是因为记性差，有些经历不记下来很快就忘了；二是受到父亲顾德清的《猎民生活日记》的影响，也就有了这样一本行走的记录，都是在敖鲁古雅的十年间拍摄纪录片之外的记录，其中也有拍摄《神翳》《乌鲁布铁》《额日登的远行》的日记片段。在《忧伤的驯鹿国》出版后，鄂温克族艺术家、《犴达罕》的主人公维佳给我打来电话说，你就好好写日记吧，日记是人类最好的小说。我很感动他这么说，但也知道自己写得并不那么好，只是作为自己到老时还能回忆起的证明。毕竟在不同的地域、不同的时间段，结识了很多不同经历的朋友，能让我们在年迈时，共同回忆这一段美好或不美好的真实时光。真心谢谢你们 —— 书中提及的所有朋友。

目 录

2002 乌珠穆沁的冬天

　　在城市待久了，便有另一种声音敲击我即将沉睡的魂灵。我坦然而不安分的心

迫使我出走，不为目的，只在乎迎接那过程中的点滴……

蒙古表情 局部

蒙古表情 2020 年 →

2002年正月初九早晨七点，我在张家口赶上了去锡林浩特的班车。

人们睡眼惺忪，不愿迎接冬日清冷的阳光。节日里留下浓浓酒精的麻醉感写在每个男人的脸上，疲惫红肿的脸庞还带有一丝不易察觉的满足。各种混合的气味弥漫了车厢，唯有售票员清醒而理智地点查人数、收钱、找零。

车上的乘客大都是出来走亲访友的，有蒙古族，更多的是汉族。受地域环境的影响，汉族人和蒙古族人在大的特征上已差别不大了。乘客中有在锡盟杀羊宰牛的屠夫，有承包草场的牧户，也有按季节所需做生意的小本商人。虽然来自各行各业，但人们的表情只有一种——接受了现实生活的坦然。

视野渐渐开阔，心情也慢慢轻松许多，醒醒睡睡间，体会到瞬间流逝的平凡草木之美。

车速渐慢，前面一起车祸使我们的车只能绕行。两辆货车相撞，翻倒在路基下，散落了一地的啤酒、白菜，看不到受伤的司机。道边上一摊已经凝固的血证明，司机可能已被送往近处的卫生所抢救了。

这一程大约走了九个小时，到了锡盟公署所在地，这个虽偏远却透着现代气息的年轻城市——锡林浩特市。都市的时尚行业在这里一字排开——婚纱影楼、时装专卖店、歌厅、美容院、网吧……只是很少能见到穿"得勒"①的蒙古人。

停留了一个小时后，坐上了去东乌珠穆沁旗的小车。天色完全暗下来，所有的风景只能借助月光和想象才能获得。车里播放着蒙古长调，深远、悠长，我自然沉醉在这夜色的草原中了。

230公里的路程跑了四个小时，晚上九点多到了东旗政府所在地 —— 乌里雅斯太镇。对于东旗我并不陌生，去年夏天我曾为一组关于草原题材的片子在这里生活了两个多月。夜色下的乌里雅斯太镇像久违的老友一样亲切，但似乎节日还在继续，旅店、饭店尚未正式营业，冷冷清清。没有地方住的现实问题摆在眼前，前面的路不免变得扑朔迷离。走着走着，黑暗的街道晃过一两个人影，可能是刚喝完了酒找地方睡觉的，果然前面有微弱的灯光，是一家烧烤店。我在店里填饱肚子后，好不容易敲开一家旅馆的门，倒头睡去。

当眼睛完全被唤醒的时候，才发现昨晚"摸黑"进来的房间只睡了我一人，再到走廊一看，原来这家旅馆也只有我一个房客。黑夜里曾拥有过的恐惧在这明亮的日光下已无踪影。临近中午，小镇上渐渐有了生气，仿佛人们昨日集体出走，而今日突然归来一样热烈。

去汽车站的路上，巧遇校友占军，豪爽有气度的大个儿，他经营着一家装潢公司。中午免不了一场酒局，几杯酒下肚，蒙古

---

① 得勒：蒙古袍。

歌自然把气氛提升了起来。告别占军等朋友，匆匆去书店小转，查了资料，做了笔记。

到白音霍布苏木②时，已近八点，见到了去年那达慕③时认我为"师父"的朝乐蒙，去年他还是"打游击"照相，现在已有了一个门市。所谓"门市"，不过是租了一间20多平方米的民房，挂了两块带勒勒车④的背景布，影室灯由闪光灯代替的"黎明照相馆"。因为不是每天都有照相的生意，这个"影棚"的另一半做成了录像厅。他说牧民老乡爱看李连杰的片，尽管听不懂汉语，但打打杀杀的场面"热闹、好看"，看来放录像是他的主要收入了。我们"师徒"已约好十五去"道特"拍庙会。炉火烧得很旺，这一觉会很香了。

十一的上午等了两个小时的车。一场小雪使气温降了下来，而去年的这时正值"白灾"，三尺厚的雪，饿死、冻死的牛羊不计其数，其实牧人的生活也是靠天吃饭的。因为没有班车，等来了去满都的2020吉普，途经额仁高壁苏木，下午到了已接近中蒙边境的边防——满都。"幸福旅店"的老板是当地蒙古族巴拉吉尼玛老头，他的妻子很胖，也很能干，她穿梭在各个房间的身形倒也利落。相比之下，巴老头显得悠闲多了，笑起来眼睛眯成细细的一条小缝，很可爱。我为他们拍照，他执意要在二十世纪八十年

---

② 蒙古语：乡

③ "那达慕"是蒙古语的译音，亦称"那雅尔（Nair）"，意为"娱乐、游戏"，以表示丰收的喜悦之情。每年农历六月初四开始的为期五天的那达慕，是蒙古族人民的盛会。内容主要有摔跤、赛马、射箭、套马、下蒙古棋等民族传统项目，有的地方还有田径、拔河、篮球等体育项目。

④ 勒勒车：古称辘辘车、罗罗车、牛牛车等，是中国北方草原上蒙古族使用的古老交通运输工具。这种车车身小，但双轮高大，直径一般在一米五六左右。可完全用桦木或榆木制成，不用铁件，结构简单，易于制造和修理。整辆车一般分下脚和上脚两部分。下脚由车轮、车辐、车轴组成。

代时流行的迪卡墙画⑤下照，和老伴各坐一张沙发。虽然这样很呆板，但他们淳朴的心灵对美也有最淳朴的认知吧。知道了我拍照是不收费的，左邻右舍的男女青年也都纷纷进入我的镜头。人和人的沟通有时是很简单的，我们立刻成了朋友。乌日吉约我明天去玩，说有很多家在一起，因他的汉语不是很好，我只能从他的手势和夹杂的蒙古语中猜测内容。可能有一项活动是玩骨头节做的棋。晚上是在推土机一样响的呼噜声中度过的。

　　十二上午，我们开车去白音布日德嘎查，距满都 40 公里，蒙古国的占内山就在眼前。一座山就这样把同一个民族分为两个国度，我无法探究他们心中最真实的感受。这山脚下是乌日吉的岳父家，日本的雅马哈发电机、太阳能、接收卫星电视的"大锅"，足以显示这是个富裕的牧户。原来乌日吉说的"玩"是他们家族的一次聚会，一个亲属的孩子过本命年，自然热闹。年轻人和儿童的服装大都是很漂亮的羽绒服、皮夹克，很现代。吉亚（乌日吉的儿子，22 岁）说穿"得勒"太"啰唆、不方便"，这或许就是这一代孩子的声音。饭后大家玩起了游戏，抽到同样号的两人一组，把骨头节扔出去，骨头节的各个面分值不等，看哪个面朝上，加起来比大小。这个游戏，我小时候也和姐姐玩过，只是我们的多了个口袋。游戏虽然简单，但人们那么专注和投入的表情令我猜不透其中可能还有的寓意。

　　这样的聚会，孩子们兴奋不已，在牛棚、羊圈里上蹿下跳，追逐打闹，甚至一些看似危险的动作也没被制止。在这寒冷的边

⑤迪卡墙画：八十年代客厅或餐厅里流行的大幅喷绘画，诸如"黄果树瀑布""迎客松"之类。

睡，他们根本无视冬的存在，在这独属于他们的世界中绽放生命。他们应该拥有一个怎样的未来？天终于黑了下来，大人醉了，孩子累了，只留下发电机的隆隆声陪伴夜色里的草原……

　　十三的早晨，暖暖的太阳已升得很高，旁边睡的哈斯还有浓浓的酒气，而女人们已早早起来煮茶了。她们要把奶皮、奶酪和炒米分在很多碗里，摆放在桌上，等男人们洗好脸、坐稳，把倒满奶茶的碗端在面前，草原上新的一天开始了。回到满都时已近午后，我是准备回白音霍布的，但没有班车，只好在街上闲逛。这里的几家商店货都很全，一家店既卖土产日杂，也卖粮油副食，还有服装百货，虽然货全，但大部分商品布满尘土，蔬菜也不太新鲜。和巴老头聊天知道他懂一些汉语，七十年代去过一次北京，去年他家的三十头牛都冻死了，一头也没活，但他的脸上却看不到忧伤的神色，他依旧眯着眼睛笑。这一带也有狼出没，台湾歌手齐秦去年五月就是到这儿"找狼"来了。正在吃饭时，跑进来一个小伙子，说有车了，不是班车，跑"的"的，比班车贵五块钱。我慌忙收拾好东西，巴老头、他妻子、邻居乌日吉送我上车，大家相拥告别。再见，满都。再见，善良的牧人。我们约好再见的时间是六月份的乌拉盖敖包。

　　因为没有直达白音霍布的车，道特苏木应该是此行的最后一站。十四的上午，我和朝乐蒙打的去东旗换车。转了两家音像店，他买了二十多张碟，我也买了一盘蒙古歌手玛希的磁带。90多公里的路我们跑了两小时，住在供销社旅馆。店主人是二十多年前从张家口来的，其实东旗的各个苏木做生意的基本都是外来人口，牧民老乡是不会做买卖的。吃过饭，我们去"庙"里转。道特又叫"新庙"，但也是十几年前建的，据说原先是在道特湖边上，迁移的原因很少有人知道了。庙内喇嘛有三十多人，打坐诵经，肃穆庄重。庙的檐顶栖落了上百只鸽子，安逸悠然，在金色的余晖中成了独特的风景。我们又去了劳布森喇嘛家，他今年72岁，本命年，仍矍铄地端坐炕边。这时进来好多人，为老人祝福，送上的礼品多是绸缎、罐头、砖茶之类。我为他们拍了照片，虽然跟我的"主题"关系不大，我想今年的今天为他拍照，对他的意义更大一些吧。朝乐蒙马上做了翻译，解释我会把照片转送给他们。

十五一早去庙会，和想象中的气氛大相径庭，可拍的东西不多，也就没有留下的必要了。退了房，租上车回东旗，快出苏木时，见到一个喝醉酒的牧民躺倒在土墙下睡着了。车上的人熟视无睹，见怪不怪。司机是蒙古族，汉语说得非常好，去年在北京玉泉营二手车市场花三万元买了辆丰田皮卡，本来是要回来卖的，但一场雪灾过后，牧民老乡手里没了钱，他就只好自己跑出租了。我们闲聊起来。去年的"白灾"，东旗的牛冻死了百分之六十，他的一个朋友家的二百头牛只剩下两头。人的伤亡也很惨重，锡盟死亡二十几个人，多是在长途中遭遇大雪、"白毛风"，迷失方向陷在积雪中的。据说有的人被发现时都是光着身子的，是因为快冻僵的人出现"篝火"的幻觉，想把冻住的身体烤暖。现在他说起来还心有余悸，连说"太可怕了"，因为他有过一次死里逃生的经历。前几年边境上也有蒙古国的人跑过来偷牛和马的，他们骑术高明，经常在夜间出动，把马蹄包上皮子，不备马鞍，以减小声音。据说都是蒙古国的边防军，因为边境那边蒙古国境内方圆几百里没有住户。现在我国边境线都有了"网围栏",加强了边防,这样的事件已基本没有了。

回到东旗,因过节,午后的大街行人稀少,店铺也大多关了门。夜晚来临,孤独感隐隐袭上心头……

十六的早晨,人们从四面八方拥至后山的喇嘛庙。这是新建的庙,旧庙在"文革"中被烧毁,但从旧庙的图画和残留的基石看,当年的规模和气势已非今日可比,而今日的庙会也是先人们无法想象的。中老年秧歌队、摆摊设点的商贩,各种叫卖声更吸引了往来朝拜的人们。新社会、新气象,更体现了人们对新生活的热爱和追求。告别了朝乐蒙,独自下山,清新的空气扑面而来,草原的春天也悄然而至,落在人们纯洁质朴的脸上。

玛希的歌声从后山响起:**望不尽连绵的山川,蒙古包像飞落的大雁,勒勒车赶着太阳游荡在天边,敖包美丽的神话守护着草原。我蓝色的蒙古高原,你给了我希望,从远古走到今天……**

2006 西藏

6月25日　和旅游卫视随丰田车队从西宁进藏，拍摄纪录片《有多远走多远》的栏目。这算是随行笔记，也圆了少年时对西藏的神往。而西藏在青藏铁路开通的今天，已不必神往……

2006 年 6 月 25 日

北京至西宁的飞机

　　一觉醒来还是在云上，上个月是在牙克石看天上大团大团的云朵，好像能从云里杀出来天兵天将，今天就成了从天上看"地上的云"了。我在天外的天上，时而是云海，过会儿又成了雪塑一般的"雪云雕"，忽又成了铺满一天的"泡泡浴"的沫，真的像是天有边际。齐齐的天际线透出温暖的光芒，透过舷窗洒在表情各异的我们的脸上。在云里雾里正想入非非，飞机开始跌跌撞撞，播音员通知已近西宁，遇到了气流，要系好安全带，紧张的心放松一些。终于降落在西宁机场，西宁用凝重的阴云和随之而来的大暴雨欢迎了我们。陆地巡洋舰的车主已在青海宾馆安顿下来。雨后的西宁空气清爽，但我有些憋闷气短，但愿这只是心理作用！

　　西宁并不像有些人形容的"随处可见服饰特别的穆斯林，男的戴着白帽子，女的戴黑色发网，衬托出这座城市格外的宁静素朴"。它已是一个很现代的西部城市了。繁华商业街上的男女都很时尚，只是大家的眼神还挺"西部"，很淳朴。出租司机都会很热情地介绍西宁的特色：水井巷的小吃一条街、儿童公园旁边的酸奶，让客人各选所爱。

　　晚饭吃过，胸闷有所缓解，走出青海宾馆，夜已来临。西宁火车站远远地闪烁在霓虹灯里，车站的广场不见一人，只有一组奔马的雕塑与夜相守，虽有气度，却又有孤独的冷漠。候车大厅寥寥可数的候车人抱紧自己的行李包，等待明早开往成都的火车，这可能是最后几日安静的夜了吧。7月1日青藏铁路开通，也就预示着西藏将正式成为全国、全世界人民的大公园。西藏，已不用神往！

出租司机马建平的名片上写着"友谊的使者"，他虽是汉族，但长相和口音很民族风。十年前开大货车往返青藏线，干了五年运输，平常小祸不断，最后一次是在冰雪路上侧翻，捡回来一条命，就不再跑拉萨了。他说，现在想起来还后怕。大新路的夜市灯火通明，年轻和年长的西宁人、来自八方的朋友们还在冒烟咕咚⑥地吃消夜，肯定还有"友谊的使者"马司机在里面，因为他说过每到午夜十二点他都会饿，这正是夜市上最热闹的时候。

---

⑥冒烟咕咚：北方俚语，和朋友一起吃烧烤时冒的烟。

2006 年 6 月 26 日

　　我迷迷糊糊推开房门，离开了房间，还回头看了一眼正笑着喘粗气的老唐。在走廊的楼梯口碰上了牦牛，牦牛说该我骑你了，我说我是从敖鲁古雅来的，驯鹿没骑我，你也不能骑我。牦牛就说那你加油了吗？我喘不上气来，看见了血，醒了，可我感觉根本没睡着啊！就这样高原反应了一宿。

　　车队集结，没有人像我这样，头痛、胸闷、失眠，还有幻觉。看到大家健康的表情，我开始怀疑自己能否挺到拉萨了。

　　出西宁，奔青海湖，这是进藏最安全的一条路，今天又是一个大晴天，灰蓝色的天上飘着懒散的几朵云。所谓高原的特点尚未真实地展示（要知道对于一个初次进藏的人，那种恶劣的天气和突发的事情带来的刺激是多么重要啊）。我实在不愿意回去对朋友说这仅仅是一次旅游，平淡而奢侈的旅游——陆地巡洋舰加高档饭店。车队飞速掠过几批磕长头到拉萨的牧民，他们是在用身体丈量坚实的信仰，我们只是在完成一个秀场，在空调舒适的越野车里，我无法多想。保重！亲爱的藏族兄弟！青海湖宽厚又从容地拥抱了我们的视线，又有谁能安静地细细品味她苍凉动人的前世今生。数码数码，快点咔嚓，还有鸟岛呢。鸟岛更像是在北京的动物园，只是北京动物园里没青海湖，但我们的确是被圈在一个像碉堡的石头屋里隔着小玻璃偷窥自然，更像是鸟看人。我就想，政府和旅游局就不能有个更好的方法解决这个问题吗？只有玛尼堆和风中的经幡守护着青海湖的现在，但未来呢？

青藏路上常见的交通警示牌很有警示作用：一种是用来提示弯道处会有牦牛闲逛或通过，在快要拐弯的路边竖起一块牌子，上面画着牦牛；还有一种警示牌称作装置更为准确，高高的支架上放着一辆车祸后的汽车残骸，很有说服力，下面还有字，车快，看不清，写的应该是如不安全驾驶，或车速太快会带来的后果吧。

今天行驶近 800 公里，途经盘山道的橡皮山，长长的车队首尾相接，在重峦叠嶂的山宇间盘旋，很是壮观。忽又驶入荒原戈壁了，这戈壁里除了气温的差别外，更让我觉得像新疆的戈壁滩。"天道"更像一把利剑卧藏，通向天际，格尔木如海市蜃楼飘浮在夕阳的光晕中……

　　晚上躺在床上快要入睡的时候，外面街道上，卡拉OK的歌声回荡在这个宁静的城市上空。

2006 年 6 月 27 日

格尔木城有三十年的历史，还是一个很年轻的城市。因为年轻所以时尚，各种名牌专卖店，甚至有个西单商场，商场很大，我在里面换了表的电池。

高原的天气就是这样，刚刚还是阴云满天，忽又消逝得毫无踪影。在去胡杨林的路上就是这样：你刚要接受上天的洗礼，忽然又晴空万里；你刚要脱掉外衣，戴上遮阳帽，又要找地方避雨了。

胡杨树有千年不死、死了千年不倒、倒了千年不朽的"活化石"的美誉。我们的车主更对自己良驹的越野能力感兴趣，冲向沙丘，前赴后继，尽显英雄本色。下午自由活动，约了《汽车画报》的首摄（首席摄影师）李青山去民族学校转悠。因为我听出租司机说有很多蒙古族学生，正好可以拍一些，也拓展我的"蒙古表情"的地域。"格尔木民族中学"是由藏、蒙古、汉三种文字做成的牌匾，校园里有一帮穿蓝色校服的小学生拿着扫帚远远地很警惕地看着我们。当我对第一个蒙古族小学生说"塞音班诺"（你好）并照了第一张照片后，几乎所有的孩子都扔下了扫帚拥向我们：叔叔照我一个，照我一个。这些表情各异、天真可爱的蒙古族孩子长大后又会做什么呢？十年后还会有这么灿烂的表情吗？

格尔木火车站已进入通车庆典的倒计时，站前的广场搭起了主席台，并装饰了无数盆鲜花，像国庆时天安门广场的微缩版，怎么看怎么别扭，又不知别扭在哪儿，庆祝活动就应该是这个样子吧。今天队医统一检查了我们的血压和心率，我90/130（毫米汞柱）的血压，80（次/分）的心率，血压偏高，心率正常。经过几天的适应，虽然还有憋闷感，但不至于像在西宁时那么难受。真正的考验要从明天开始了，格尔木至那曲是最为艰难的一段，要翻越昆仑山口（4767米）和唐古拉山口（5231米），那曲的一夜将会更难熬。

2006年6月28日

从格尔木到那曲，一路风和日丽，这简直不像我想象中的高原，更像我熟视无睹的蒙古高原。很失望，只是海拔越来越高，心里不由自主地紧张起来。路上没有什么风景可看，自然就迷糊了。车子好像停了下来，顺窗外看见了"索南达杰保护站"，好像只有站长一个人忙乎着和队员照相，我好像在电视上看到过他。志愿者来来往往，更像是在圆一个进藏的梦，体验生活的另一种滋味。我们的巡洋舰车队浩浩荡荡开往下一个"景点"，保护站角落里白色的巡逻吉普黯然地看着我们离去。

既紧张又兴奋地踏上了5231米海拔的唐古拉山口，我们像电影里的慢镜头，飘飘悠悠地数码留念，动作有些滑稽，表情有点可笑。我并没有感觉有多么难受，有些病是吓出来的啊。当然匆匆离去是最好的选择，毕竟××已经到此一游了，可以回去吹牛了，放出照片为证，给没来的朋友警钟：没胆可别去，也许会命归唐古拉啊。其实真的没事。

大撤退，有了标志性的照片，谁还流连唐古拉的景致？其实那景致千百年来一直在那里，只是浓缩在一块石头旁，换了不一样的衣裳：唐古拉山口。

没想到两个小时后我又开始喘粗气了。因为下撤得快，有点神速了，队里的账本丢在了山顶。这是先头部队讲给车队指挥官张浩的。看着他一人要返回山顶，我上了他的车。因为我恍惚记得当时山上有个年老的藏族兄弟拿着一个本，还递给我看，我摆手示意不买。山顶碰见了独自驾车闯天涯的廖佳。当我们再次从山顶下来时，高原独有的魅力一一展现，我们遇到了草原狼。我兴奋又紧张地看到了狼的目光，迅速掏出相机为它拍纪念照时，它却很不感兴趣地掉头走了，像一个从容的武士，杀戮不是它的本色，这是它的家园。打扰了兄弟，我们只是偶然相遇，我不是故意的。

张浩稳稳地开车奔向那曲，他有多次进藏的经验，车技又高，我不必担心什么，只管尽情欣赏这绿色的高原。四周的山峦像用不同的绿色毡子铺满，在云层透出的光里很显妩媚，一扫上午失望的情绪。但我可能又有高原反应了，睡意爬了上来……

好像梦里过年，噼噼啪啪的爆竹声和一声闷响吓醒了我。不是二踢脚，是张浩重重地把车门关上，一手还握着吸在车顶的天线，头发上还有冰雹。再看窗外，天上下雹子啦，刚才还是绿色世界，现在一片银白，冰雹啪啪地砸在车身上，恍若隔世。六月飞雪，又是飞雹，窦娥的冤，我们赶上啦。张浩说2006年夏季的第一场雪，别发呆了，照吧。我们冲到车外咔嚓咔嚓地纪念。接着是雪，然后是雨，我们在调了白色的深蓝的夜里奔向那曲，而到了那曲又像什么也没发生一样平静。但不平静的是那曲宾馆，队医楼上楼下忙碌着，工作人员也是拿药的、拿氧气罐的奔走各屋，才知道有队员下山后开始高原反应了。回到房间，同事老唐鼻子插着氧气，手上挂着吊瓶，他发烧了。

2006 年 6 月 29 日

　　还没有细品那曲小县的风情，车队就又要开拔了，远不如背包客的弟兄们，那就随遇而安吧。在车队整顿的空隙，我跑出去走马观花一下。这是一个宁静的小镇，早晨清冷的街道，三三两两的藏族同胞在街上闲逛。几只好像没有主人的羊脏兮兮地在街上溜达，还有几只上了房顶的羊向下张望。当地的藏族群众似乎早已习惯我们这些奇奇怪怪装束的人出现在他们的小镇，可能也知道都是去拉萨的吧，见怪不怪了。你如果和他们打招呼，也一样会得到回礼 —— 向你招手，对你笑，黝黑的脸上迅速露出白白的牙齿。当然也有主动向你打招呼的藏族男女，那一定是向你兜售如冬虫夏草、藏红花或藏药一类的"特产"。

　　那曲镇是青藏公路的必经之路。

　　纳木错位于当雄和那曲地区的班戈县之间，当雄也是去拉萨的必经之路，到了当雄就不能不去纳木错了。在"旅游"过了青海湖后基本就能知道纳木错的面容了。通过了卖票处，车队在修整很好的柏油马路的山道上盘行半个小时后，就到了这个世界海拔最高的大湖旅游点。这个被藏族同胞视为圣湖的朝拜地，据说藏族人在这里都不能大声说话，怕惊动神灵。而来自八方游客（当然也包括我们）的发动机的轰鸣声早就惊动了神灵。

　　当雄曲卡镇，虽然镇子不大，好像就一条街（其实西藏或内地的一些小镇，一条长街便是镇），但很有特点。小商店里的商品很多，完全可以称为超市，一个不到三十平方米的商店里面什么都有：烟酒糖茶、各季服装、面料、土产、日用百货，中间还有一个巨大的油桶，光线昏暗，浓浓的酥油味飘浮着。商品齐全，但质量就不保了。西藏可以说是四川人的第二个故乡，四川人在这里找到了致富奔小康的路。我们来到一个"龙抄手"小馆，抄手就是馄饨的别称吧，操着川音的女老板来这里六年了，看她白胖胖的就知道是挣了钱的，虽然味道不错，但每碗八元在这里实在是贵了些。

出当雄一路奔向拉萨，路边一大片的油菜花，在高高的山下，田园美景、青藏铁路和公路并行，一条不知名的大河欢歌笑语地奔向拉萨。当雄火车站和沿途小村子的居民房角都插上了鲜红的国旗，有的村口还飘扬着庆祝火车开通的标语，西藏就在祖国的怀抱中了。

车队穿过并非想象中的拉萨市区，到了拉萨宾馆。熟练的欢迎仪式一点不比内地差。牦牛舞，藏族美女献哈达，领导讲话，大合影。拉萨，我们来了。

2006 年 6 月 30 日

今天上午自由活动，老唐、青川和我出来转。八角街口有个尼泊尔餐厅，我们在那里吃了早餐。这个餐厅和北京三里屯的咖啡酒吧没啥区别，多是老外在这儿消费。吃了早点后，三人开车直奔岗巴拉山，去羊卓雍错。刚开出城就看到公路两旁站满了警察，我想肯定是来领导了。果然我们到了一个叫曲水的地方就被拦下，在村子里等领导们通过。说是中央领导来了西藏，参加明天的青藏线开通典礼。小村子挤满了车，我们认识了一帮"藏族同胞演出团"的成员，他们已经在西藏演出了十天，都是日喀则拉孜县的农民，平时务农或放牧，有邀请（当然是有费用的）就串联在一起，奔赴各地演藏族传统戏。据说九月份还要去北京，很有意思。领队的扎西旺拉给我留了电话。到了今天，我的身体已没有什么不舒服的地方，完全适应了高原。

2006 年 7 月 1 日

今天是青藏铁路开通的庆典日子，拉萨城飘扬着很多彩旗、条幅。因为种种原因，我们的车队未能进入通车庆典的主会场。虽有小小遗憾，但毕竟是到了西藏，到了拉萨。上午参观了布达拉宫，感受了这个世界上最高、最雄伟的宗教建筑的魅力，也上了世界上最高的厕所。下午自由活动，八角街的一条小巷子很有意思，是当地藏族人和其他地方来转经的藏族群众的购物和小憩之地。这里有甜茶馆、录像厅、台球厅、生活用品店、土产杂货店，每个店都不大，却很有气氛。甜茶馆年老者居多，在黑乎乎满是酥油味的小馆里安然品味生活。录像厅就热闹多了，因为这里是年轻人的天下，录像是免费的，但你必须要买一壶茶或一杯饮料，也就是两三块钱的事儿。录像多是香港武打片，每到精彩之处，就会招来阵阵喝彩，年轻人黝黑的脸上绽放出单纯的光芒。他们听不懂录像里的人在说什么，或者只是"一点点"，但看到外面花花绿绿的世界里花花绿绿的事儿就非常开心了。

这里还有一些小小的店，开在有几百年历史的楼下。店名起得都很有意思："想象力"凉皮馆，卖的是五毛钱一碗的凉皮；"八方财富"是卖高级藏族服装的店。

2006 年 7 月 5 日

车队在拉萨完成了俱乐部的成立仪式，已于 3 日离开拉萨返回北京，我也就完成了为旅游卫视进行的拍摄工作。但就这样离去还是有些不甘心，我决定留下做一部寺院的纪录片。前几天获悉距西藏70公里（往日喀则方向）有一个寺院有法会，我联系上了这里唯一精通汉语和藏语的喇嘛贡杰。

　　藏历的五月十号是莲花生大师的生日，寺院将举行隆重的法事来纪念莲花生大师。我们是坐贡杰的车上山来的。贡杰胖胖的，230斤，开着一辆长安铃木。他一上车，车子明显沉了下去，何况还有四袋大米、酥油和菜。贡杰也是寺里的喇嘛，因为他汉语好，所以常驻拉萨做"外联"，负责和一些施主联系。这辆车就是一个女施主捐给寺庙的。据说她前几年在拉萨做生意老是不顺利，净赔本，后来信了佛，来了琼果寺朝拜，生意出现了转机，这几年更是风生水起，就开始供养琼果寺了，今天又捐赠了一台拖拉机，正慢慢地往山上开。中午我们收拾好行装，到"德庆琼果寺甜茶馆"找贡杰。这个甜茶馆也是寺庙开的，是为了能有点收入，好修缮寺庙，况且寺里还有几十个喇嘛要吃饭。光顾这个甜茶馆的大多是藏族老乡，也有一些施主。贡杰还喜欢照相和录像，录像机是一个施主赠的，虽然只是一部家用摄像机，但他还是很用心地做着记录。他曾经想拍一个天葬的片子，用这部摄像机拍完后卖掉，再买台好一点的，来记录僧侣们的生活。可是后来做了个梦，梦见佛祖生气了，他害怕了，就放弃了这个念头。

　　车子快出拉萨时，贡杰要加油，不过去的并不是加油站，而是一个修自行车的地方，旁边都是写着"军用"二字的小圆汽油桶。贡杰挤挤眼睛说，这是部队卖给他们的，他们再卖给我们，比国营的便宜。

一路都很好走，到了岔口上山时就变得艰难了。因为竹巴噶举传承修炼的是今生今世成佛的藏传密宗大乘佛法，就像雄鹰从悬崖上飞过一样，平平静静，无牵无挂，所以寺庙都在山崖或山顶，大有与世隔绝的意思。长安铃木呼哧带喘地向山顶爬着，终于咳嗽了一声熄火了。贡杰很有经验地制动停车，否则车向后溜的话，后果不堪设想啊。我们都下了车，往身后看，弯道的下面就是峡谷，好险！就这样连推带搡的，我们把长安铃木开到了寺庙。因为明天的法事会来很多人，山下村子里做生意的藏族老乡开着手扶拖拉机也上山安营扎寨了，很像蒙古族的祭敖包。每当祭敖包的时候，牧民和小本生意人会从四面八方聚来，或骑马和摩托车，或开着汽车，经营小买卖的也抽空去祭，摊子交给朋友打理一下。蒙古族人有酒，有娱乐活动，藏族人又会是怎样？

今天已经开始法事前的诵经了，我随意拍摄，喇嘛都很高兴，自然地面对镜头。在这神圣的诵经堂，我倒显得不自然了，因为在城里的如"大小昭"和布达拉宫都不允许拍摄和拍照。是因为教派的区别吗？我无从得知。这个寺院年轻的喇嘛居多，有个小喇嘛庄重地点油灯的间隙，还不忘溜到我的镜头后面看下显示屏，很有趣。

天彻底黑下来了，厚厚的阴云压了上来，藏獒的叫声回荡在幽幽山谷，雨悄悄地下了起来。第一次住在寺院，一时间无法入睡……

2006 年 7 月 6 日

凌晨被诵经的锣声和鼓声吵醒，看表还不到四点，其实他们凌晨两点就已经开始了。我穿好衣服下去拍。看到我在拍，小喇嘛们抖起精神，音量也明显抬高。

琼果寺的小喇嘛平均年龄二十多岁，分两种情况进寺：一种是自愿的，就像贡杰说悟性好的，所以进来后能很好地修行；另一种是家里送来的，因为家里能有一个出家当喇嘛的，这个家庭就会得到尊重，也会得到平安。因为后面这种情况被送进寺院的，当然也就是当一天和尚撞一天钟了。有当了几年喇嘛又还俗的，也是实在挺不过去了吧，因为还俗也就意味着会被人看不起，像"逃兵"一样。即使在寺院，也不是混日子就行，要背经、要考试，如果考不过（监考老师由佛学院毕业的科班喇嘛担当），就要干活了，烧水做饭、打扫卫生等一切杂活。我是看到几个小喇嘛和老喇嘛不停地劳动着的。

年轻人永远会和时尚相连，我在几个小喇嘛宿舍的墙上看到几张最新款车型的海报，有本田也有别克，都是从杂志里撕下来的广告，也不知道他们从哪里得来的杂志。因为都不会汉语，无法沟通，但从眼神里能看到他们的真诚和友好。

天还未亮，我又回去睡了一觉，再醒时已经六点半了，慢慢走到山腰，发现很多残垣断壁的古建。

贡杰说过这个寺已有七百年历史，"文革"时候上来工作组把寺里的文物和很多打坐的闭关堂一烧了之，还包括一个大殿。老喇嘛见证了那段历史，他们讲当时集中起来的文物烧了七天七夜都没烧完。

昨天的琼果寺还是高山古寺的清幽状，而今天则完全可以用人山人海来形容，也不知这些人怎么来的，更不知从哪里来的。中午时分，密密麻麻的信徒占据了中庭、屋顶、楼阁，连寺外的山坡上都是来朝拜的香客。有老有少、拖家带口，都是藏族老乡，这真是他们自己的节日啊。我没看到一个游客在里面，所以我成了一个奇怪的人。

全寺的僧侣齐动手，很快就搭起一个大帐顶，又迅速铺起了红地毯。法号吹响，金刚上场，喇嘛们戴着各式表情的硕大面具登场，有很强的仪式感，让你不得不敬畏宗教的力量。当他们缓慢地随着鼓、号和诵经声踏上红地毯的那一刻，我突然想笑。这是我一开始没预料到的，这么圣洁的一个宗教仪式，上了红地毯竟成了一个舞台剧。在这高山幽古的琼果寺，怎么改革得像极了北京地坛的庙会。贡杰说，这红地毯也是施主捐赠的。

莲花生大师的塑像由几位年长喇嘛缓慢请出，祭拜仪式开始，虔诚的信徒纷纷扑向红地毯，跪拜在大师像的脚下。不一会儿，大师的身上挂满了无数条哈达，手指里夹满了香火钱，钱多了掉在地上，再由老喇嘛放到功德箱里。大师像里面有个小喇嘛是支撑着大师骨架的，在胸口处有个手掌大的口子用来透气，他就从那里向外看，还冲我笑。我认出是那个点酥油灯、爱看我显示屏的小喇嘛。因为这个仪式是寺院的一个主要收入来源，所以时间很长。天气炎热，戴着八个不同面具表情的金刚分坐两旁，也许是主事人的安排，一个更小的喇嘛（也戴着面具）不断为莲花生大师和众金刚扇扇子降温。这个小家伙虽然只有十二岁，却入寺三年了，他应是属于有悟性的吧。只见他非常认真地把每个面具掀开空隙，从脖子处往里扇风，偶尔也为自己来一下，很有意思。因为法会内容很多，又只有这一班人马，所以要有时间换行头。这个空当正是人们享用食物的时刻，食物多是从家里做好带来的，有熟土豆、牦牛肉块、咸菜、饼和油条，酥油茶当然也不可或缺。寺院外也进行着活动，有逛小商品摊的，也有三五一帮喝茶或啤酒的，都很轻松休闲，有一帮藏族姑娘竟喝了一下午的青稞酒。她们唱、跳，脆生生的嗓音划破了高原的天空。

2006 年 7 月 7 日

也许前世真是跟佛有缘，我偶然来到了这个陌生的寺庙却并不陌生，很自然地决定做一部纪录片，恰巧这也是琼果寺喇嘛的心愿。我们这么巧就碰上，是佛主安排的吧，贡杰说。噶举派的活佛是在印度转世的，不能回藏。贡杰要做一些资料留起来，将来有机会给活佛看。他还真是个有心人。我们就围着寺院转，一位八十多岁的新中国成立前就在这个寺庙里的老喇嘛来讲琼果寺的历史。贡杰不断说：任儿消、任儿消（是、是），我是一句不懂，只管记录。今天实在是拍摄的最佳天气，湛蓝的天空，有一层薄薄的鹅毛云遮住高原赤热的太阳，就像一个巨大的遮光罩，罩住了大地、寺院和人们的脸，很舒服。我们转到了一座白塔前，我在显示屏里看到了藏族老乡在白塔转经，贡杰在听老喇嘛讲述，这个画面肯定在我梦里出现过：朦朦胧胧，有白的房，有花花绿绿的人围着转，还有两个黄人在旁边比画着，不就是现在吗？老喇嘛和贡杰披着黄袈裟，穿着五颜六色服饰的藏族老乡，还有白塔。我跟贡杰说了我的梦，他平淡地笑着说，你就是和佛有缘的人，前世修来的，前世修来的。我说我没信过佛啊，甚至也没拜过，以前也去过雍和宫，那是陪朋友去的，看到他们胖胖的躯体趴下又起来，一个殿一个殿地拜，有点滑稽，我还站在那里笑呢。可今天我解释不了了。那就做到心中有佛吧，就如贡杰说的，是前世修来的佛缘吧。

加巴卖连曾经是个无恶不作的强盗，危害四方百姓，最终被莲花生大师降服，归顺噶举派，从此成了噶举派的护法神。

昨天的红地毯，在我不断的解释说服下，贡杰又翻译给老喇嘛听，大概因为我是远道来的吧，寺里决定不铺了。贡杰说过他们喜欢红的、绿的，说这样好看。我无权和他们解释没有红地毯会更"好看"，只是遗憾昨天没能这样要求。

护法神出来时，全场尖叫起来。小孩子早知道会出来什么人物，哭喊的、吹哨的，真的是惊了天地泣了鬼神。护法神在"后台"摇头晃脑，捶胸顿足，面具和服饰做得真是艺术，形象狰狞，我都怕了，何况孩子。先是四个小妖开道，动作夸张，小妖的形象也极夸张：白色"妖面"，光着脚，脚脖子拴着铃铛，手拿兵器，随着法号和低沉的鼓声，飞一般地满场狂舞，还泼撒烟灰，迷了因恐惧睁得大大的孩子的眼。据说每年的这一天护法神都会附体在某个女人身上，那个女人就不是她自己了，浑身抽筋满地打滚，说神的话。但今天没有发生附体的事情，是不是我的摄像机让神有所顾忌呢？贡杰告诉我，每年那几个被附了体的女的现在都不敢来了。我将信将疑，张嘴点头。

法会结束后，欢乐才刚开始，琼果寺欢腾起来，跳锅庄舞的人越聚越多，圈子越来越大。妈妈在那儿唱着跳着，小孩子就在圈里哭着找妈妈，还有钻来钻去捉迷藏的，大人不小心就被绊了个跟头，滚出去的毡帽又被踩了数脚。锅庄舞的圈外简直就是泼水节了。大人、小孩手里不是持水枪，就是拿着可乐瓶，拥向水龙头，争抢着灌水相互泼、射击，就算你躲在墙后，也会遭冷枪暗算。朴真也在人群里跑着、躲着，小脸湿漉漉的。她是我这两天认识的一个小朋友，十二岁，总是在我镜头前穿帮。我正拍场面或空镜时，她会突然从镜头前冒出来，开始跳舞，还是新疆的舞蹈，又扭脖子又扭胯的，真好看，她也很爱笑。看到我牛仔裤的破洞能笑几分钟，前仰后合的。我回到房间换电池，一回头看到她在墙角捂着嘴怕笑出声来。朴真，一个可爱的女孩，却只能在大山里、在民间。临走的时候，我去买矿泉水，又看见朴真站在一台拖拉机上。爸爸妈妈转经去了，她一人卖货，身前挎了个瘪瘪的人造革大包，上面印着"北京留念"。她看到我，依然捂着嘴笑，她的笑就留在夕阳的光晕里。

2006 年 7 月 9 日

一觉醒来已经十点，头有点痛，不是高原反应，是昨晚喝了几瓶啤酒，有点犯迷糊。充足的高原的光射进房间，眼睛有些刺痛，难睁开。定了定神，想起自己已经回到拉萨了，从舒适的床上睡醒过来。林苍旅馆的房间很好，藏式风格，又有北欧风情，宜家的窗帘、纱和藏式的装饰放在一起很协调，可见主人的用心。这是达赖喇嘛经师的大宅改的旅馆，天井、露台、几把竹椅，在露台上就能看到大昭寺的金顶，在清晨、午后和黄昏都有别样的景致。

还是不甘心就这样离去，赶上机票又是四天后有座位，就去拉孜吧，去拍农民艺术团。拉萨的 DV 带很贵，在大昭寺附近就更贵，60 元一盘，爱买不买。我在江苏路的一家店买了 5 盘，35 元一盘，也还可以了。西藏的长途汽车去哪儿都很方便，车票也很便宜。我要到日喀则转车，300 公里的路，50 元的车票。一路风光平平，还是因为天气吧，天气太好了，也就没了感觉。一车藏族老乡，就我一个行者，旁边一位藏族老者一直用奇怪的眼光盯着我。后面还有一个藏族老乡牵着一条京巴，一看就是被悉心照料的，而北京的京巴几乎都成了流浪狗，那些京巴真应该搭乘青藏铁路集体进藏。车载电视放着 MTV，现代的藏族歌，穿着现代演出服饰的男女青年蹦蹦跳跳地唱着奔向雪山和草地。我又迷糊了。

四个小时后到了日喀则，同样是现代化进程中的城市。想起一个朋友说过 1999 年拉萨大昭寺门前还是特古老的石板路，石板的坑都是朝拜、转经的信徒留下的印记。而到了 2002 年又来大昭寺时，那些古老的石板已"重新装修"了，换成了光洁平滑的大理石，她就哭了。扎什伦布寺还很纯朴。到了寺院已近黄昏，暖暖的光铺满了殿的金顶，鸽子悠然地在金顶上俯望朝拜的信徒。

我实在对宗教无知，那就问吧。扎西旺拉刚和一个美国姑娘用英语交流完，我们就搭上话了。扎西今年二十五岁，但已入寺十年，拉孜人，一个十五岁正是顽皮多动的年龄怎么就能心甘受戒呢？他说是他自愿的。小时在拉孜有个寺庙，离他家很近，寺里高僧经常到他家喝茶，看到他有佛缘，和其他孩子不一样。八岁那年，高僧对他父母说，别让孩子喝青稞酒了，他长大后会是一个喇嘛，他就没再喝青稞酒，果然入了佛门。

我居然又赶上了一次佛家盛事，明天是扎什伦布寺展佛节。五世班禅时期，当时连续三年大旱，滴雨未下，当初为了求雨而做的仪式，延续至今成了每年一次的法会。我很幸运，又一次巧遇。晚上贡杰打来电话，说你真是和佛有缘的人啊。

2006 年 7 月 10 日

我很顺利就进了扎什伦布寺，有几个装备着"长枪短炮"的也要进去拍，就被喇嘛挡在了门外。我想，一定是昨天扎西送我出门后又和寺院打了招呼。因为今天不允许百姓进寺，怕人多引起混乱，所以除了一些寺院僧侣和一些地方官员，就是我了。很远就看到展佛的大墙上面的喇嘛，我无法估计展佛墙的尺寸，在巨大的墙的对比下，人就像小小的蚂蚁。我感觉好角度和距离，开始选择地点。我在黑洞洞的走廊里找到了楼梯，几乎是摸黑又找到了一个楼梯，刚爬到出口，突然出现两个小喇嘛，我们都被对方吓了一跳。他们比画着，我也比画着，在知道我只是想上屋顶拍照时，两个小家伙很快带我上了顶楼。在光明的世界里，我看清了他俩的模样，一大一小，大的不过十五六岁，小的也就十一二岁，很稚气，一笑露出小白牙，趁着佛像还没展起来的空当，我们合了影。这个角度真是极佳，前方没有遮挡，更没有线杆，主殿在左侧，展墙就在正前方。八点整，主殿顶上的喇嘛吹起法号，低沉的法号声穿透了云层，回旋在扎寺的上空，远远的展佛墙下也锣鼓齐鸣。一块巨大的红黄蓝白的彩条布已爬上了大墙，正在诧异这并不是佛像的时候，巨大彩条布又忽地开启，一面巨大的唐卡才真正现身，原来刚才那个彩条布只是个帷幕，太有创意了。我不知道外面人山人海的信徒此时会怎样膜拜，我已沉浸在这浓烈的宗教氛围中了。

日喀则到拉孜的路虽不长，170公里，路却不好走。沙石路，尘土飞扬，我不知吃了多少土，喉咙干，再看前座的人，头发和身上都是黄土，我一定也是。

到了拉孜已是午后两点。拉孜县也是一条街，步行十分钟就能到头，中心有一座很现代的建筑"拉孜上海大酒店"。在这不大的街上，网吧竟有十多家，没有公厕，男女就在路边大小解，旁人熟视无睹。我要找的扎西没有联系上，直到晚上才通了电话，但感到他不是很感兴趣，可能把我当成电视台的而有所顾忌，毕竟他还属于国家公务员，在外组织农民歌舞团有走穴的嫌疑吧。

晚餐在一个藏餐馆，光线很暗。刚坐下，看到桌面密密聚集着一堆东西，还以为是茶叶，忽然一下四处飞了，原来是苍蝇。有几个藏族老乡悠然地喝着啤酒，酒杯上也落着苍蝇。

"新世纪朗玛厅"是拉姆和洛桑开的藏式歌舞厅，两口子以前都是在拉萨的朗玛厅唱歌，年龄大了，出场的机会少了，就回到老家拉孜做起了小老板，招来的歌手都是拉姆和洛桑的远亲。"今天是星期一，人少。"拉姆不好意思地说。我看了看四周，确实少了点，只有四个"客人"，还没有演员多。十一个"演员"依然按程序很卖力气地唱跳，没上场的就轮番上台献哈达，基本上是自娱自乐了。和内地夜总会的程序一样，快散场时就是"蹦迪"，激光闪烁，"世界杯"的主题曲响彻拉孜上空。我住在"拉孜上海大酒店"，20元一个铺位。

2006 年 7 月 11 日

昨晚在朗玛厅拍到很晚，达珍和巴桑不断倒酒，今天起得就晚。在西藏，只要你坐在酒馆或茶馆里，基本上只管端杯往嘴里倒就行了，总会有人站在你旁边或正好路过，看到酒或茶没满又退回来为你斟满，这种客气已变成了习惯。那天在日喀则的扎什伦布寺广场的冷饮店，我要了瓶啤酒在写笔记，店主的女儿也就两三岁的样子，在那儿玩水，抬头看到我的杯没倒满，晃晃悠悠过来抱起大酒瓶就倒，倒完酒顺势又跑去玩水了。当然，啤酒沫洒在了我的日记本上。

中午吃了回民馆的拌面，10 元，还算便宜，但看菜谱的菜就很贵了。随便一个炒菜，如烧茄子、炒芹菜之类都要 25 元一盘，大盘鸡 100 元，蔬菜从内地运到高原不容易啊。

拉孜只有一个农行，又不连网，所以往这边走要带现金，联通是彻底联不通了。

拉姆她们睡到下午三点，客人不走她们是不会下班的，昨晚最后一个客人是今天凌晨四点走的。这样的时候很多，所以往往客人醉了，她们自然也陪着喝多了。

我们租了辆手扶拖拉机去赛马节的会场，西藏是否每天都有节日，我真怀疑。或者我就是有福气，该让我赶上。手扶拖拉机也是拉孜的特色，上面还有装饰，有鲜红的带绿叶的塑料花、哈达，甚至有经幡。

这是拉孜县锡钦乡的赛马节，每年一次。赛手们的服饰既别致又统一，有点印第安风格。马也装饰得威风，还插有羽毛。再加上花花绿绿的帐篷和看客，就成了一片彩色的海洋。

赛马其实更像是赛人，骑手要在飞奔的过程中准确地把箭插入支柱上的草包，单人单骑，很体现个人技巧，非常好看。跟蒙古人的赛马不一样，蒙古马是世界上最有耐力的马，赛马前先用汽车把马和小骑手拉到至少 30 公里之外，然后尘土飞扬地呼叫着奔腾而来，很有成吉思汗大军冲击敌阵的气势。

拉姆和她的姑娘们都很高兴，因为拿着我的相机互拍，拍完就急着看，还设计动作，一个躺倒在地，吐着舌头；另一个手拿石头，假装砸。真是有创意的藏族姑娘，要在内地，都是行为艺术家了。

回来就没有拖拉机了，开拖拉机的都在那儿喝酒，我们就走。看着回城六七公里的路，我真发怵，毕竟是四千多米的海拔啊，可她们是打闹着连追带跑地回家，我落在了后面。

晚上在拉姆她们租的房子吃的藏面，跑进来一个藏族老乡，醉气熏天的，说回来的拖拉机有一辆被撞翻了，砸死了一个人。他平静地说着，我们却都吓了一跳。

2007 探访鄂伦春最后的萨满

传说世上有一种鸟，没有脚，叫无脚鸟。它的一生只能在天上飞。饿了、困了也只能在风里，唯一一次降落就是它死亡的时刻。因为是传说，所以美丽。我飞不到天上，就让火车带着跑来跑去，时间就在无边的铁轨上流淌了。

窗外一缕清冷的阳光，像在朦胧的梦境里掠过，而现在不是在梦里，只是奔向北方的北方。

2007 年 11 月 20 日

　　上午九点四十从加格达奇上车，这趟车是从哈尔滨到漠河的普快，但一点儿也不快，因为是行走在大兴安岭的脊背上吧。尽管列车员很卖力地烧着锅炉，车厢里依然没有热乎气。我不得不把鞋脱掉，用在羽绒服兜里焐热的手来温暖脚，膝盖也隐隐发凉。又过来一个推车卖雪糕的，我不禁又打了一个冷战，心里却有了一种孤独的兴奋感。走在父亲二十五年前走过的路上，也是我涉猎鄂伦春族题材的开始，想着想着竟然迷糊了，车厢里人不多，我索性蜷缩在大座上睡去。

　　没被冻醒，但被吵醒了。"塔河塔河塔河到了"列车员的大嗓门惊醒了我，看表，午后两点。慌乱地抓起摄影包，车厢外冰冷的空气一下呛到嗓子，禁不住干咳几下。顺着人流出了站口，就听到有喊"十八站十八站的"。我正犹豫是要吃饭呢，还是现在就走，被司机看穿了我的心思，不由分说就被推上了车。

　　塔河距十八站 60 公里，一路上没有几辆车，出了城镇看到一块广告牌上写着"森林是人类的摇篮"，但现在看来这个摇篮已不那么殷实了。

　　到了十八站已是四点，山顶上最后一抹夕阳渐渐消失后，小镇罩上一层幽幽的灰蓝色。路上行人包裹得严严实实，他们都在疾行。这是山上，也就是林业局的职工居住区，鄂伦春民族乡在山下。我匆匆吃了一盘炒面，四块五毛钱，好吃又干净。喂饱了饿扁的肚子后，我去了山下的鄂伦春民族乡政府，从葛乡长那儿了解到这里的鄂伦春族有 370 人，有的务农，有的外出打工，也有像他这样在政府工作的。当知道我要去白银纳采访萨满关扣尼老人时，他就给了我乡长孟淑红的电话，她是主管民族事务工作的。旁边有个人说，那个萨满好像刚回来，从加格达奇看病回来的。

天已完全黑了下来，夜像被冻住了一样，小镇也冻在了冰冷的夜里，只有点点灯火闪烁。

我住在了一个叫京都旅店的四人房间，一个人独享了这冰冷的宁静。

　　清冷的阳光照射进房间，在我眼前滑过，刺痛了还在梦里的
我。头有些痛，眼睛很难睁开，看表，六点半。还好有昨晚在这
儿的小店里买的厚袜子和手套，这才敢出旅店。

　　去白银纳的班车是十点半的，我还有时间去鄂伦春乡（即鄂
伦春民族乡）小转。十八站没有公交车，但一元钱的"招手"很方
便就能送你到鄂乡。所谓鄂伦春乡就是在山坡下的一处处砖房，
已不再是父亲二十年前拍摄的"木刻楞"（一种俄式木结构房子）。
因为太早，街上还没有什么人，感觉耳朵都快冻掉了，眼睛也冻
出了泪。每家烟囱冒出的烟，就像白色的游龙在抖动，很有生活
气息。又花了一元钱回到旅馆，舒缓了快要冻僵的手脚。

　　十八站到白银纳 40 公里。上了霜的窗外掠过樟松夹杂着的白
桦林，黑白相间，在这北国的冬天里傲然挺立。白桦林的尽头，
在灰蒙蒙的林子上空又出现了白色烟柱，飘游空中。我知道白银
纳到了，尘土和雪在汽车尾气的搅拌下迅速消失。远远地走过来
一个老头，领我到了关扣尼家。老头是山东人，来林区四十年
了，娶了鄂伦春族妇女。像他这样的人很多，久而久之鄂伦春语
都会说了。

　　我欣喜能这么顺利就找到了我要找的人，等待我的却是一
扇上了锁的门。

十二点在关扣尼的女儿家见到了萨满，鄂伦春族的萨满。老太太刚从加格达奇回来，做了个大手术，刚刚住了二十多天医院，现在恢复得还好。七十四岁的萨满关扣尼一人在女儿家休养，一只飞龙在房间的角落里警惕地看着我，老太太说是别人给的。女儿不在家，女婿去给飞龙找吃的了。老人瘦瘦小小，但一头黑发，我说您的头发这么黑呀，她笑了，说去年染的，因为有白的黄的不好看。我拿出了父亲的《猎民生活日记》，她马上就指出了认识的人。中午关扣尼的女婿回来，一股酒气，说喝了一上午的酒，但知道我还没吃中饭，就一把拉起我出去吃饭。一顿饭的工夫，他就成了我的姐夫。一瓶白酒下肚，我们晕乎乎地回到了家，姐夫还险些闪了脚。也难怪，他喝一上午了。他不断说，姐夫失态了，姐夫失态了，说完一头栽到炕上，又迅速晃了一下头，起来去关扣尼的屋里放了两块饼干和一袋牛奶，告诉老人三点钟吃，下午顾桃拍你，你要好好配合，随后回到小屋，马上就响起了鼾声。我躺在他旁边，中间他醒来一次，推了我一下说你该拍就拍，没事，她听我的，随即鼾声又起。我也喝多了，当然也拍不了了，一觉醒来，已是四点。关扣尼不知什么时候换上了一件新的灰色带花的羊毛衫，很好看。她一个人在那儿摆弄扑克，她说小时候就玩扑克，还教了我鄂伦春族的玩法，可惜我没记住，只是感觉不按数字大小出，而是按一样的也就是或红桃或方片，但花子黑妈像是王牌，尽管我不太会玩。老人这个下午好像很开心，又用扑克给我占卜，让我洗了三次牌摆弄半天，皱着眉头说，没开。没开的意思我当然猜到不会是啥好意思。但她随后笑着说，这也不准，瞎玩。姐夫再醒来时，他的朋友陆续来了，酒就又续上了。

窗户上了霜，霜在窗上形成了一些古怪的图案，我感觉真有些奇特。

宁静的冬夜，只有外面传来的狗叫证明了夜和人类的存在。我和姐夫睡在小屋，与萨满关扣尼老人一墙之隔。

上午这个世界竟然变得宁静了，没有声响，简单而纯粹。我开始进入状态了，进入萨满的世界。

我的摄影机有低低的电流声，关扣尼老人就在这电流声里低沉地讲述。她眼里有一种幽然的光芒，透过玻璃窗定焦在院子里的一棵枯树上。

她从记事的那一刻起讲，讲到了当萨满的经历。

十七岁那年，她突然左肋就疼了，连续疼了两个月不见好，当然在这之前也有征兆——有大萨满在跳神时，她就有感觉，嗓子痒痒的，总想发声，和大萨满一起唱，进入神的那个"世界"。所以，她左肋的疼痛不只预示了"神灵的召唤"。

一场病让关扣尼成了萨满，她谨慎的记忆的大门慢慢敞开在我的机器面前……

上午又来了两个记者，让老太太穿上了民族服装，咔嚓咔嚓地连续拍摄，镜头离老人很近，老太太看着这么近的镜头扑哧笑了。快要吃午饭时，女儿从塔河回来了，我们自然又喝起来。她拿出了一个笔记本，上面密密地记着很难懂的文字，原来她是用汉字的谐音来记录妈妈讲过的故事。

因为喝多了，昨天发生的大部分事情我都记不清了，在酒精的作用下变成了恍惚的、似乎发生了，也似乎是早先的记忆。

昨天从下午一直喝到晚上，唱歌也自然少不了。关扣尼老人在里屋，听着我们在外面狂欢，偶尔也出来看一眼，用鄂伦春语跟女儿、女婿说几句，意思是别喝多了，但是我们已经喝多了。

今天早晨我渴醒了。旁边睡着姐夫，睡意正浓，还咬着牙，外面还是幽蓝的黎明前的夜，看表是五点半。我收拾了昨晚桌上的残局，本想补上日记，但恍惚中定不下神来。有吱吱咯咯的声音，低头看见一只小老鼠在脚下溜达，闻闻这儿嗅嗅那儿，又摇摇摆摆钻进了白菜缝里。我最怕老鼠的，在未醒的酒里竟变成了对它有一种欣赏，期待着它从白菜堆里再次出来和我对视，甚至在我的脚上蹭蹭痒。

酒让我体会的美好就在生活里啊。

姐夫醒来时，天已大亮，起来就开始忙活，架火、煮粥、热馒头，还要给关扣尼热牛奶。一切忙完，就拿着喷灯去烤车了。我才想起昨天喝酒时他说我们今天开车出去转转的事。关扣尼的女婿韩文来鄂伦春乡十年了，他是从内蒙古莫旗来这里的。我发现这里的鄂伦春族女人找的对象或结婚的都是汉族居多，而且都是"上门"的，也都是再没回过自己的老家，而且感情都还不错，至少这两天来这儿串门的是这样。

上午韩文就在弄车，入了冬他的吉普车就没再动过，所以又找来一辆吉普车把他的车拖出去。

趁着这个工夫，我转了鄂乡小镇。其实这里的鄂伦春族只占少数，大部分还是汉人。有山东、河北、河南等内地来的人，也都是在上个世纪五六十年代开发大兴安岭或来这里打零工的。时间长了，也就留下了，这一代人或种地，或开店，和鄂伦春族为邻，但相互接触来往不多，好像也已成了定局，在未来也会这样。

我问了一个边抽烟边劈柴的妇女，她家就在关扣尼家的西侧，隔了几个房子就是。你知道萨满吗，我问。她问，啥？我说，萨满，鄂伦春族最后的萨满。她抽了一口烟后说，这好像没有姓萨的啊。

中午拍了关扣尼用剪刀剪的鄂伦春族图案，非常好看，构图疏密有致、饱满，虽是民间艺术，但极具现代美感，这样的手艺可能在年轻的这一代很少有传承的了。

下午我站在呼玛河的中央拍照，想象着在这河的两岸曾经的老猎一定有无数的故事发生，而今天就像这脚下的冰一样封冻了，在记忆里。

冬日暮色里的白银纳，透出了一种隐秘的忧伤。

今天是阴历十五，关扣尼老人要祭神。早上女儿菊花从外面拿回两条冻鱼，放在桌上就去上班了。这是祭神的用品，要完整。姐夫起来后看到了两条鱼，拎起剪刀就要开膛，我看到后说这鱼先不能开膛，老太太要供神的。姐夫赶快放下剪刀，说好悬，差点儿吃了神物。那只飞龙还在屋子里溜达，因为被剪短了翅膀，只能从地下"飞"到沙发，再从沙发蹦上窗台，看着外面，试图起飞，嘴就在玻璃上叨，扑棱着翅膀，但并不能成功"越狱"。

本来这只飞龙也是别人抓到送来给萨满祭神用的，但这几天老太太已和它有了感情，舍不得用它祭神了。看着它飞来飞去的又撞到玻璃上，就呵呵地笑；想放它归山，但它已被剪短了翅膀，就当成宠物留在了身边。

上午我拍了关老太太和女儿菊花讲小时候的故事，老人的记忆力实在好，我虽然听不懂鄂伦春语，但听她娓娓平静地讲述，语调抑扬顿挫，眼神迷离，加上外面天的阴沉，真感觉沉浸在半个世纪前的狩猎时代了。

儿子孟举荣在外面的厨房里给她做一个工具，是用柳树做一个搓绳子的用具，能把马鬃搓成长长的绳。举荣是从十八站来的，桦树皮盒做得好（从他做的这个复杂的工具就能看得出来），但就是很少动手。举荣曾经是鄂伦春民族乡的一个村长，也是优秀的猎民青年，代表鄂伦春族乡去人民大会堂开过会。他的妻子在卫生所上班，在一次救治患有结核病的鄂伦春族病人时，做了人工呼吸，不幸感染了，不久便离开了人世。举荣深爱着妻子，受不了这样的打击，从此消沉，酒成了他唯一的朋友。难受的时候就想喝酒，想好好地醉一回，可就是喝不醉，两瓶酒喝进去都醉不了。"太难受了，我太想她了"，这时他眼圈就红了。

他总是和母亲说他的指甲里有沙子，鼻子、耳朵、眼睛里都有沙子，很难受，是不是要成为萨满了，母亲笑而不语。

快到四点时，关老太太开始严肃起来，把姐夫差点开膛的两条鱼放在一个白瓷盘里，又用一个盘子装上了几块蛋糕、三个苹果，一个小碗里放满了小米，还有酒，放在了外屋靠北面的小柜上，又拿起一个长长的铁勺，在炉子里掏出几块炭火，这时就到了十二点。老太太拿着长长的铁勺，在供品面前绕来绕去，口里念念有词。供品的桌上没有神位，可能她的神是在心里吧，我这么想。铁勺里炭火冒出的烟缭绕在神桌上，关老太低沉地说着"萨满语"，中间不断打嗝，发出奇怪的声音。女儿菊花静静站立在旁边，等着老人又上了三炷香后，和母亲一起向神桌磕头。祭神仪式结束，整个过程有十五分钟。三炷香燃尽后，姐夫喊"完事了吧"，把鱼拿进屋里，收拾下了油锅。有种说法，食用祭过神的供品，会有好运。老人又端来敬过神的酒给我喝，我就又晕了，想起那天她说，有次跳神，有北京来的在现场拍过，但回去看却没有任何影像。今天的影像会不会留下，我心里也没底了，求神保佑吧！

　　能当萨满得有几个条件，有的是疯疯癫癫的，有的是久病不愈后突显灵光的。老太太小时候就见过一个后来成了萨满的先"疯癫"的人，那个人一下子就蹿到树上，在树尖上跳舞，摇晃树枝，唱别人听不懂的歌。也不知道那个人身体那么重，怎么一下子能上到树尖上的，她说。

　　下午又和菊花去了二姐家，她也是我爸的老朋友了，刚刚做了奶奶。我为她刚出生快满月的孙女拍了照片。小家伙很可爱，在摇篮里又哭又笑的，穿着关老太太做的靴子。她应该是白银纳现在最小的鄂伦春族孩子了。

2007 年 11 月 25 日

听说敖鲁古雅的朋友去看我，所以今天要回阿里河。

昨天晚上我们就有点喝多了，姐夫韩文也喝红了脸，高歌了两曲草原上的歌 —— 《蒙古人》是这种场合的必唱曲目 —— 手就在空中抖了起来。菊花姐和彩梅也来了两首鄂伦春族歌，大家自然就喝到位了。

昨天睡在菊花的大儿子关心家。小伙子长得精神，待业在家，也没有什么收入，但小家收拾得干干净净。他的父亲死于交通事故，对他打击很大。他说在路上如果看到铁钉、木头，就会捡起来。如果是木头，就会扔到路边的沟里；如果是钉子、螺丝之类会扎到车胎的，就会揣到兜里。别人看到了，说他挺爱捡东西的。可他不在意别人的看法，自己知道就行了，不用别人理解。但如果欺负他妈妈，他可就不客气了，动一根指头都不行。他打过继父韩文，也打过舅舅，就是因为母亲挨欺负了。小伙子很实在，睡觉前给我铺好了被褥，倒上了茶水，又把我的袜子和鞋放到火墙上去烤。墙上有他穿鄂伦春族服装的照片，放得很大，做瞭望式，就是缺了匹马。现在马也没有了，他说。

不到六点就醒了，穿上了关心给我烤在火墙上的鞋袜出门，很暖和。昨夜竟然下了一场雪，半尺多厚。月亮泛着橙色的光，高高挂在天空上，缥缈的炊烟让我觉得孤独。

白银纳笼罩在清冷的宁静中。

回到关家，关扣尼正用剪刀在桦树皮上剪刻图案：一个鄂伦春族猎手挎着猎枪，骑在马上，后面还跟了一只猎狗，形象生动自然。老太太的神情也像回到了久远的狩猎时代，这是送给我留作纪念的。我想，除了这几日的相处留给老人的好印象之外，更是源于父亲二十多年前和她们建立的情感吧。

姐夫昨天喝醉了，早上就没起来，听说是闹了一晚上，让菊花给生个儿子。今天本来答应把关树青和另两个老太太送上山的事也给忘了，直到十点我们才出门。三个鄂伦春族老太太，要去山上待一段时间，说是采木耳，其实就是想山上的生活了，因为只要一上山就"没病了"。去的地方叫"八道湾"。吉普车颠簸在林中的运材路上，雪花也飘起来，北国真正的冬天快到了。

一个多小时到了营地，营地就是个泥土房，但比起过去的"撮罗子"可就"舒适"多了。里面有炕、炉子、火墙，看起来老太太们都很兴奋，因为回到了她们自己的家园。尽管这个家园已经满目疮痍。泥土房旁边是一个足有五十米高的防火瞭望塔，我胆战心惊腿发软地爬到了顶上拍照片。四处是火烧林木，一望无际，想到了这边演绎的《兴安岭之歌》：高高的大兴安岭一片火烧林，獐狍野鹿找不见，找也找不见。

回来的路上，我看见了一只孤独的猫头鹰蹲在一根干枯的树干上，瑟瑟发抖，不知它能否挨过漫漫的冬季。

中午回到白银纳，桌上已摆上了两瓶白酒，举荣也带回来我们昨天在饭馆订的两个菜。两杯酒下肚，姐夫的脸又红了，眼睛也红，情绪有些激动，祝我一路顺风。但不知谁提到了昨晚的事，举荣酒劲也上来了，开始骂，谁要是欺负我姐，我就宰了他。姐夫知道了明显在指他，也拍起了桌子。举荣起来找刀，看来真要动手了。这种场合我是见多了，只能拉住一头，就把举荣推进屋，因为那边姐夫也操起了菜刀。

感觉已经消了气的举荣突然抓起窗台上的飞龙，狠狠摔在了地板上，可怜的飞龙在地上抖动了两下就没气了，一秒钟的时间，它去了另一个世界。母亲关扣尼坐在床边，没有太多的表情，似乎已经知道了会发生这一幕。

晚上七点，十八站火车站的候车室里，幽暗的光线下挤满了等车的人。有个人手舞足蹈、情绪高涨地在中间穿梭，还大声说着我听不懂的话。别人躲闪，我却静静地站立在他舞动时的必经之地，在想，他是不是进入萨满的世界了……

外面的雪越下越大，朦胧了清冷的夜，也朦胧了我不知所措的心。

2008 喜欢马的猎人 —— 妥辛

下午一声闷雷过后，一场暴雨袭来，我躲在撮罗子的床上看雨中的马场。三十匹桀骜的烈马在瑟瑟风雨中，朦胧而孤单，我莫名地惆怅起来……

雨过天晴，酒也醒了，心情也恢复了。我和羊倌鲁开始搭建狗子圈，要把抓来的小狍子放进去，因为猎狗时刻都在寻找机会要对小狍子下手。

受伤的木马 GuTA, 2008.1.27

2008 年 7 月 25 日

阿里河好几天没下雨了，天上的云无精打采地飘浮在灰蓝的空中。

暖风拍打在同样无精打采的路人脸上，热得发痒。我微醉地坐上了去托河的班车，被炙热的光刺痛双眼，加上昨天喝多了酒，胃里很不舒服。在医院十字路口等车的时候碰上了刚从医院拿检验结果的同学孟，他默默说了一句，我得戒酒了。从他手里化验单上一行行的数据就知道各项指标超标——脂肪肝、高血压。他硕大的脸庞上，细小的眼睛眯着，眼神的迷离似乎让我看到了有一天我也会黯然自语，我该戒酒了。

托河我不陌生，已去过三次，但莫名的兴奋暗自涌起。自从去过妥辛的马场后，神经中枢让我的记忆在阿里河充满酒气的空间里又一次苏醒。我宁愿我的酒气飘散在妥辛马场的上空，伴着录像机嗡嗡的电流声与时间和记忆并行，而非阿里河酒后清醒的时候仰望天花板后的蓦然失落……

七月的森林绿得失真，像一幅幅在流水线上生产出来的行画装饰在车窗外。

睡了又醒醒了又睡，两个半小时后，远远看到一个撮罗子造型的大门，就是进入了托河。

照例在小卖店买了一箱啤酒，又花 3.5 元买了毛巾和牙刷，就看到达拉接我的车。达拉是妥辛的儿子，在阿里河上班，话不多，憨实又警觉。他已等了我一中午，以为我是坐早班车到托河，是同学的酒让我误点，但达拉没半点埋怨之意。

托河到妥辛的马场有 20 里地，半阴的天空下是绿草和白桦树，远远的山显得沉静了许多。

十二条猎狗在行驶的车周围热烈狂吠，一座红砖瓦房出现在视线里。旁边又有两个真正的桦树皮搭建的撮罗子，在山脚下很具特色，可惜我被热情高涨的猎犬包围，不敢从包里掏相机，失去了第一感觉。

妥辛矜持地站在门前，不表露对我这样的来访者的态度，当然这种微妙的感觉在敖鲁古雅我早有体会。怎样开始呢？自然从我一张真诚的大脸和酒开始。

果然，到了晚饭时间，妥辛用他干掉的四瓶啤酒和夹到我碗里的狍子肉表明了态度，对我的到来表示欢迎。在他意犹未尽还要继续的时候，他老伴适时的制止才让这顿晚饭结束在已经深蓝的夜幕里。

我带着醉意倒在了纯正的桦树皮撮罗子的床铺上，听着远远的溪流的低吟，在摇曳的烛光里想到一部纪录片的名字：《马语者妥辛》。

2008 年 7 月 26 日

早晨被一阵阵苍蝇的轰鸣声吵醒，看看外面早已大亮。

隐约回忆起夜里淅淅沥沥的雨拍打桦树皮撮罗子的滴滴答答声，是梦里催眠的声音。

今天雨过天晴，空气里弥漫了独特的"兴安岭味道"。

其实怎样的真实记录都不比真实的现场准确。昨晚我们喝了酒后还打了扑克，我还和几个小孩在撮罗子里，在手电筒微弱的蓝光里讲鬼故事，自然我的鬼故事让孩子们在惊恐中喜欢上了我。

早上七点去了另一个撮罗子，那里住着从赤峰来这儿六年的羊倌鲁。鲁说老头昨天喝多了，要不早起来了。这个撮罗子比较大，住着鲁和一个耳背的干零活的鄂伦春族人黄。我明白妥辛昨天让我住另一个撮罗子的用意了，因为另一个撮罗子里有一顶蚊帐，还有一套干净的被褥。

七点半，妥辛眯着眼从他的房间里出来，居然还抱出来只小狍子，随后抓了一把草放在厨房里，小狍子比我们先享用早餐。

酒醒了的妥辛沉默无语，坐在沙发上不断地擦脸，好像能擦回昨晚的记忆，不断地抽烟，好像能抽回昨晚的感觉。妻子百灵就在有狍子的厨房蒸花卷，小男孩一横一竖地在炕上熟睡。

但愿我昨晚的鬼故事没被带进他们香甜的梦里。

外面的天色阴沉，我在小桥下的溪流里洗了脸，感觉清爽多了。

中午妥辛为被他称为三个爷爷和一个奶奶的孙子孙女烤起了狍子肉，噼啪作响的柴火闪着红光，后面就是妥辛火红的脸，默默地拿着猎刀削木棍穿肉 —— 一个真实的老猎形象。

我们在撮罗子外面吃着烤肉喝起了酒，妥辛随着啤酒的增加而增长了情绪，看着远处的山和树，眯起眼睛，回忆起当年狩猎的年代……

下午一声闷雷过后，一场暴雨袭来，我躲在撮罗子的床上看雨中的马场。三十匹桀骜的烈马在瑟瑟风雨中，朦胧而孤单，我莫名地惆怅起来……

雨过天晴，酒也醒了，心情也恢复了。我和羊倌鲁开始搭建狍子圈，要把抓来的小狍子放进去，因为猎狗时刻都在寻找机会要对小狍子下手。

我负责锯板皮，这也是我小时候干过的活，得心应手，只是锯子实在难用，看来下次我要带一把锯上山了。我们还给狍子圈设计了个小门，方便妥辛进去喂草，打扫狍子圈。

晚餐自然丰盛，鸡翅、猪蹄还有一大盆用野猪肉炖的土豆。蚊子和苍蝇在空中肆意俯冲，十几条猎犬包围着餐桌，眼巴巴地等待着我们吐出的野猪骨头。

妥辛一瓶啤酒下肚后，又眯起眼看着眼前的孙子和远处的马，露出了得意的表情。

2008 年 7 月 27 日

　　这是个潮湿的季节，雾气大。早晨六点就醒了，看撮罗子外面的世界像蒙上了一层白纱。雾里忽隐忽现的树林、栅栏和远处的山，如同电脑游戏里的场景，尤其像三角洲部队的某一关。

　　昨晚睡在我这个撮罗子里的达拉的儿子古哲牧和小胖的儿子微微，一个十五岁，一个十四岁，都是很英俊的鄂伦春族人形象。这两天我们打篮球、踢足球和讲鬼故事，我已是他们信任的朋友了。在烛光下，我们在各自的被窝里讲故事，他们这个年龄能讲出的成人故事吓了我一跳。

　　七点半拍完了外景，雾还没有完全散去，妥辛已端坐在沙发上看电视了。他最爱看的就是《动物世界》，但最怕的东西是蛇。他说多大的野兽都不怕——什么熊瞎子、野猪、老虎——就是怕蛇，连看到电视里的蛇都会汗毛立起来、浑身抖，因为蛇没有腿。说着他还比画着汗毛立起来的感觉，样子有点滑稽，但能看出是真的怕蛇。

　　今天又是个大晴天，没风。不知道是谁起的头，孩子们开始了泼水节，有拿盆的，有拿桶的，一场混战，给这个闷热的天气增加了凉爽。吃过饭后，本来说好我和古哲牧骑摩托车去托河买东西，明天是我生日，也要买点酒和菜。在猎民点上过生日有点意思吧，何况我极少有过生日的概念。一帮小孩都嚷嚷着去托河玩，有妥辛发话，我们就开了拖拉机组团出动了。羊倌鲁当司机，后面不是车斗，而是一个拉草用的大平板，坐人的地方面积不大，四周是空的大木杆，却坐上了六个人。我和二胖坐在驾驶员两边的车轮盖上，我一手紧紧扶着司机的靠背，一只手举着摄像机，颠簸在坑坑洼洼的路上，引得孩子阵阵尖叫。我要录像，同时还要保护自己不掉下去，真是既刺激又紧张。

二十里地，我们颠簸了近两个小时。路边的景也好看，还有漫天飞舞的蝴蝶做伴，就是身体感觉像散了架。但在托河的河套里，孩子们又兴奋起来，尤其是最小的鄂汉，玩起了狗刨，样子很滑稽。我的蛙泳令他们羡慕不已，这又是一个愉快的下午，代价是身上又多了几个蠓虫和蚊子咬的包．

回到托河乡，在简陋却也是托河最大的商店买了两箱啤酒、一条烟、几瓶罐头和西瓜、黄瓜、柿子、白糖、醋，也给孩子们买了棒棒糖，兜里的钱也花得差不多了，幸好退了啤酒箱子后还能找回几十元押金回阿里河。孩子们已不愿意坐着拖拉机的大平板回马场了，完全没有了热情，理由是屁股快颠成两瓣了，只好再找辆汽车拉上他们和买的东西回点了。但微微和鄂汉执意要坐拖拉机，我们四个就先行回点了。

妥辛远远地站在门口等候他的孙子和他的马。在他心爱的三十匹马里，有四匹是他驯养的能骑的马，而且都有自己的代号。有意思的是他根据马的性能，全部用日本车来命名：4700、4500、三菱，慢且温顺的是国产吉普2020。这几天小孩们嚷着要跟爷爷学骑马，但"2020车"一直没回来，也成了妥辛的心事，因为他对孙子们是百依百顺啊。

2008 年 7 月 28 日

昨晚简直像在北京的桑拿天一样难过，整个天灰灰的，好像要沉下来。没有风，再加上蚊子和苍蝇的侵扰，让人心烦意乱。平静下来的办法就是在门前的小河里把身子弄湿，可我的身体觉得流水也是温热的。

撮罗子里是我、古哲牧、微微，现在多了个鄂汉 —— 妥辛最小的孙子，我们几乎同时想到了灭蚊行动。在深夜十一点，点了火，焖上草，浓烟顿起，索性就穿着裤衩跑到外面打篮球了。没有月光，只有一个手电筒照在篮球板上。在幽暗的兴安岭的夜里，只有我们和我们的影子在舞动，别说小孩了，我都兴奋得不得了。

今天起来还是阴沉沉的，就是不下雨。撮罗子嗡嗡的苍蝇声又让我怀念起敖鲁古雅山上的森林和兄弟了，幸好我们计划从托河返回阿里河后调整了一下，8 月 6 日上山，心里明亮起来。但妥

辛的马场我一定要再来的，片名是否叫《马语者妥辛》呢，我开始
犹豫了。这几天只见到一次大帮马，而妥辛是否能和他挚爱的马
对话呢？我还在观察中。

今天早餐增加了一盘煮鸡蛋，我想这肯定是和我的生日有关。
那天喝酒时无意的流露，妥辛和他的妻子百灵就记心上了，只是
不会向你表露。

快到中午时来了辆吉普车接妥辛和他的妻子，来人说安德今
天早晨死了。安德是妥辛的亲戚，死于心脏病。妥辛说可能和昨
天的天气有关，他穿好了衣服出门，脸上虽很平静，但流露出一
种微妙的表情。妻子随后也穿戴好，和儿媳妇说了一句，中午你
们做饭吧，给顾桃过生日。我很惊诧，在这突发的事件发生时还

没忘记我的生日，而我哪里还有这个心思，拿起摄影机，我们出发了……

事实上现在我已经迷糊了。在写这段文字的时候，撮罗子外面有人喊，我是中投王子，那一定是鄂汉从葬礼上回来了。之后我们好像开始了丰盛的晚餐，好像有鱼，还有古里来的老猎人，外号太君，也是妥辛的老朋友。我们喝了很多啤酒，虽然有太君在，妥辛喝酒时也没忘记是我的生日，还有他的妻子也记得。我其实并不想提及此事，但现在我感觉到妥辛已经接受了我和我的摄影机。他会说你别再来了，其实是反话，这个别人看似刻板倔强，尤其喝了酒就会骂人的老头，在我看来是那么可爱，他把爱隐藏了，也隐藏了他对狩猎的情感。蜡烛里有一只扑火的飞蛾，我看着它在触火的一刹那扑倒。扑火的飞蛾是向往光明，撮罗子顶上有隐秘的光，灯绳是挂在啤酒起子上的。今天写不了字，其实写字也不是我的本能，我的敏感、情绪的进入并不是由文字这个途径，再拿起笔对着白格笔记本时已经变了味道，相机这时又是我的工具了。我记得好像拍了照，给妥辛、给太君、给狗、给打篮球的小孩。我也不再怨恨蚊子，它们也有歌唱的权利。

寂寞的酒让我逃离孤独。

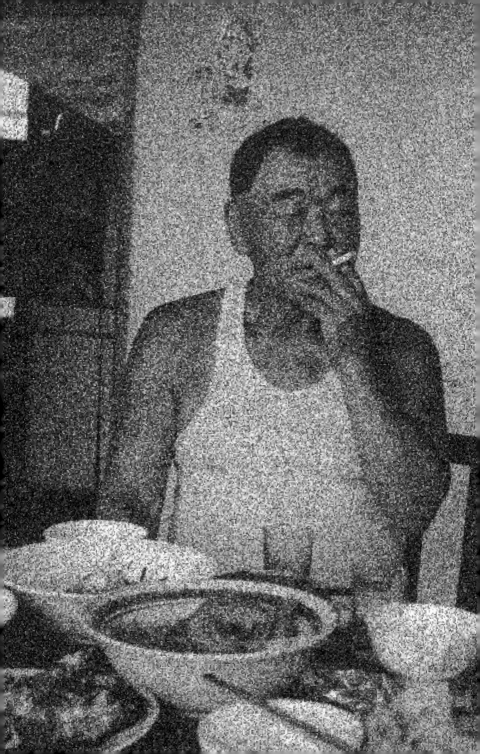

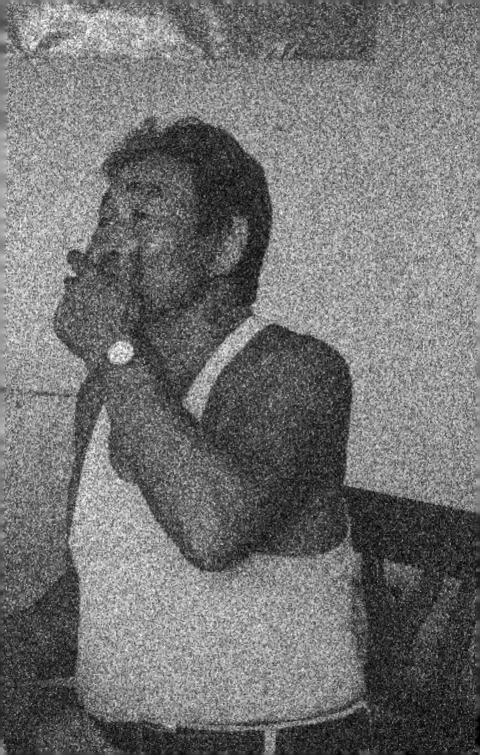

2008 年 7 月 29 日

昨天的记忆有点混乱。

昨天夜里我们在撮罗子里唱歌，孩子们从冰柜里拿出狍子肉、三瓶啤酒，我半醉着默许了。其实十几岁的孩子，同学联欢会或过生日时也都会喝点酒的，只是大人不知道罢了。我记得像他们这么大时开始喝酒，甚至在课堂上用书挡住老师的视线和同学猫眼喝（猫眼是蒙古族人，长着猫一样的眼睛，是我在阿里河最好的朋友，可惜酒后驾车出事死了）。只是少年时代的喝酒更像是效仿大人的行为，要证明自己是男人，其实还真的不是。所以我的默许或许就是一种纵容，只能用一年一次的生日来安慰纵容自己后的内疚了。

但确实高兴。在撮罗子里，烛光、篝火、烤肉还有歌唱，最后是蹦迪。乌云嘎的手机放着刺激的摇滚乐，羊倌鲁拿着手电模仿激光，我们就在满天星斗的兴安岭上飞舞激扬。直到十二点听到狗叫，看到远处车灯，妥辛两口子从乡里回来了，才结束了意犹未尽的派对。孩子们把剩下的半瓶酒藏在床铺下，迅速慌乱地钻进被窝，马场恢复了平静……

今天大伙儿都起得晚。快中午时，点上安静了，妥辛和羊倌鲁去找马，这也是我要拍的很重要的内容，要继续等待。我发现，虽然我没明确要求妥辛安排需要的场面或镜头，只是几天前说过应该让孩子们学骑马的话，他也没明确表示，但今天出去一定是要配合我的想法，可爱的倔老头！

我们闲着无事，打篮球、捉迷藏，还上了房后面很陡的山，十二岁的鄂汉下山时几乎是连滚带跑滑下来的。

下午在门口守候了两个小时，远远看到妥辛骑着马，又拽着两匹马出现在路口的转弯处。在夕阳的余晖里，我很激动地拍下了妥辛找马归来的镜头，这是几天来重要的一个场景吧。

晚上，撮罗子里已明显有秋的凉意了，但我感到工作顺利的温暖，浮想联翩，失眠了。

2008 年 7 月 30 日

上午参加了安德的葬礼，三天出殡看来是受了汉民族的影响，虽然葬礼受了汉人影响，但在这森林里依然显现出鄂伦春族的特点。

之后一样要吃饭，伤悲就不复存在了，觥筹交错，也成了朋友聚会，最后散去，只剩下悲伤中的亲人。

这两天始终没有拍到妥辛和马的对话，心里有点失落。一是我不想刻意安排场景，也就没引导；二是马昨天刚回来，妥辛也没有开始饲养，只是散放在林子里。但等待就是我的能耐，等吧。

下午天空晴朗，远处却阵阵霹雷。

鄂汉和爸爸妈妈回了阿里河，点上安静了许多。

下午又在河套玩了一个小时。过河的时候，河水没过了我的腰，水流急，脚站不稳，差点把相机掉水里，上了岸真有点后怕，这可是我唯一的家当。晚上烤狍子，妥辛先把狍子肉切成长条状，涂盐，再把拇指粗的柳条用猎刀削尖（两头），一头穿上肉，一头斜插进地里，角度正好在炭火的侧面，这还真是沿袭了传统的烤肉方法。我拍摄完就认真负责地把肉翻个儿，最后就是外焦里嫩的效果了。

趁着大晴天晒了被褥，今晚不会在潮湿的被子里入睡了。

2008 托扎敏穆昆⑦

今天色柱的表姐说起搬迁托河的事。最早在斯木科时，她们小孩都很淘气，几个学生一起上山，老师让他们找能做扫帚的树枝，还带了吃的。他们几个就在野外的棺材上吃，以示勇敢，回来时顺便带了几个死人头骨。几个胆大的男同学把死人头骨分别挂在了几位萨满家，这可吓坏了萨满和全村的鄂伦春族人，连夜赶着大轱辘车搬家了。

---

⑦ 托扎敏穆昆：满语。托扎敏为地名，穆昆是宗族的名字。

去托河的车在阿里河只有一趟，下午两点半在旗医院的十字路口上等车。对于这样的等车我早已习惯，就是别期望车会正点到来或正点发车。

果然在冬天的风里再一次证实了我不想被证实的预感，去托河的班车果然没来。据说在修车，而结果会由修车人的态度决定。比如说很可能修车的人喝了点酒，或正在喝酒，那这班车就不知何时能修好了。

有一个鄂伦春族青年何，他把自己面包车的后座都拆掉了。何知道班车一时半会儿修不好，正好我又认识他，于是就拉上我们几个急回托河的等不及班车的人，每人收二十元（和班车一样价），一溜烟把正在等车的人甩在身后，载着我们去往托河。

鄂伦春族青年何同时也带了朋友关和一支大杆枪。

托河的通信中断了，甚至座机也通不了话，据说是信号塔出问题了。

何的大杆枪用丝带包裹起来，像包裹了狩猎时代一样。失去了对森林话语权的民族，变得小心翼翼。

色柱坐在沙发上看电视，他刚从法国回来，是代表中国参加一个关于粮食问题的会议，他穿着的鄂伦春族服装和手举的国旗让其他国家的代表对中国肃然起敬。因为中国强大了吧。色柱在煮野猪肉时说已不再为自己做饭，一个人做饭没意思，因为母亲刚过世。

外面已漆黑，狗在叫，鄂伦春乡过早进入夜的黑了。

明天是婚礼，色柱的外甥娶媳妇的日子，托扎敏穆昆的纪录片就从喜庆的围城开始吧。

何与朋友带着大杆枪连夜回了阿里河，因为这附近猎物的数量已减少，不好找，再加上车在户外一宿会冻得打不着火。

托河的夜里有风，而色柱的炕暖暖的。

2008年11月27日

手机和座机依然不通。

色柱不停地从放被子的柜子里拿出摩托罗拉v3，一遍遍试，快九点时色柱从皮包里找出一套“外交服”，又把皮鞋擦亮。今天他才弄清楚在汉语里，姐姐的孩子叫外甥，哥哥的孩子叫侄子。当然，这是我告诉他的。

因为有喜庆的婚礼，平静的托河沸腾起来。

有专业的婚礼公司操办，鄂伦春族青年也在如牧师一般的主持人面前互赠信物，发誓无论是疾病或者贫穷都会爱对方一辈子，完全拷贝了西方的形式。但信仰能拷贝吗？好像分手的人大都不是因为信仰、贫穷或者疾病啊。

狭小的婚礼堂挤了三十多桌客人。

透过冰霜的窗外，我看到色柱在孤单地踱步。

色柱要上山了。因为听说内蒙古广播电视台又有人来采访，这让他很烦。每次来人都会说你是劳模，要好好配合；也因为是劳模，色柱很难开口要点补助，可两个孩子都到了要花钱的年龄。一个人当爹又当娘，但是头顶着劳动模范的光环，让他无法说出苦衷。晚上吃饭时色柱想妈妈了，说每次出门回来都会看到八十岁的妈妈拄着拐杖在门口等他，即便在冬夜里的十点钟也是如此。说完眼圈就红了，我的眼圈也跟着红了。

凯鲁焕是色柱的女儿，在阿里河的小学教书，也是因为表弟的婚礼请了假回托河的。整整一个下午，凯鲁焕都在不停地收拾，她很担心独自一人生活的爸爸，能抽空回托河给爸爸收拾收拾家就是她唯一能做的事了。

挂钟的嘀嗒声和外面偶尔的狗叫声能让我睡得踏实些。

2008 年 11 月 28 日

今天色柱的表姐说起搬迁托河的事。最早在斯木科时，她们的小孩都很淘气，几个学生一起上山，老师让他们找能做扫帚的树枝，还带了吃的。他们就在野外的棺材上吃东西，以示勇敢，回来时顺便带了几个死人的头骨。几个胆大的男同学将死人的头骨分别挂在了几位萨满家，这可吓坏了萨满和全村的鄂伦春族人，连夜赶着大轱辘车搬迁了。

上午和色柱去学校找苏，商量明天上山的事。苏是达斡尔族，四十岁，和色柱搭档了十年，虽然出猎的马、枪和帐篷都是色柱的，但要是有了收获还是像过去狩猎的老规矩一样分他一半，所以苏跟着色柱也踏实。这倒并不像别人说的色柱"抠门"。托河的街道很难见到人，有能力的这个季节都上山了，其他的就会在温暖或冰冷的屋里"猫冬"。

清冷的街道偶尔晃过一个左摇右摆的人。

鄂温克族人涂经营着一个餐馆和旅店，还有一个浴池。

六年前开张时生意红红火火，从早上十点一直要忙到晚上十一点。猎民手里有钱就下馆子，外面来收猎物和木耳的也多。现在不让搞木耳椴了，大多数猎民都是靠低保生活，也下不起饭馆了。

他的饭店现在只在有包桌结婚和丧葬答谢请客时才开。

四十四岁的涂不无伤感地说，和他从小玩大的鄂伦春族朋友都没了，说酒是鄂伦春族第一杀手。

色柱并不怎么喝酒，除非有个场合（北方俚语：应酬）什么的，但这两天没出去找场合也是因为女儿凯鲁焕回来的缘故。

下午两点手机有信号了，色柱用摩托罗拉v3打出几个电话。其中一个是谈包地的事，要包他地的是个七十多岁的老头，迟迟不给他答复是想让他低些价。禁猎后政府给了猎民土地，但不是所有猎民都有，这就产生了贫富差异。有地的色柱却不太懂得经营，过得不太富足，可想而知那些没有土地的靠低保生活的鄂伦春族家庭了。

今晚的夜空，星星格外清晰。

2008 年 11 月 29 日

　　早晨还黑咕隆咚的，色柱就起来收拾了。吃了早饭，达斡尔族人苏和色柱开始准备。色柱找出了皮套裤，套裤很旧，有历史。他在穿袜子之前先在脚上裹了一层塑料，这样热气不会散出来，穿好的套裤还要用一根细皮带扎起来，再穿上黄棉袄，很威风。

　　搭档苏也是一身黄军装，腰扎武装带。他的爷爷也是好猎手，给他留下了一把猎刀，配在腰上很神气。他风趣地说，昨天还是光荣的人民教师，今天摇身一变就成偷猎的了。

　　对于色柱而言，其实这是他的生活方式，一年不上山两次就不舒服，浑身难受。即便打到猎物他也不会卖，都招待朋友了。

　　色柱和苏全副武装上了马，猎狗知道主人要出猎了，兴奋地狺狺叫，上下跳跃，感觉能挣脱锁着的铁链子。

　　他们今天是去山上扎营，搭帐篷和炉子，为下次上山做准备。骑马四个小时能到猎点，很辛苦，但在色柱和苏这样的猎人看来，是一种别人体验不到的享受吧。上马的那一刻，色柱的眼神已经说明了一切。

　　鄂温克族人武这两天在收拾房子，给窗子钉塑料布，要开个小火锅店。十年前，武是村长兼派出所副所长，某次酒后在吉文遇到了蛮横的店老板袭警，鸣枪示警，没想到枪打低了，直直射入了店老板的太阳穴。他因此被判了十五年徒刑，狱中表现好减了几年，去年出来的，但工作没有了，物是人非，要重新再来了。

晚上，在武家喝酒，吃了狍子的脑袋和肝，一箱啤酒下去，我又多了个托河的朋友。

苏发来短信，让我晚上住在他的学校。

2008 年 11 月 30 日

早晨醒来看到苏睁着眼躺在床上，吓我一跳。

他说一夜没合眼，你的鼾声像打雷一样响。我全然不知，但梦里一个片段让我很不舒服，梦见老芭姨抱着维佳的半拉脑壳一直在走，我就在后面跟着，维佳还在说话，说疼。老芭姨却没任何反应。

早餐的排骨柳蒿芽和油饼让我忘掉了不愉快的梦。

色柱和苏明天要进山了，今天签的土地租赁协议让色柱能安心地进山打猎去了。

和武约好了今天去马场看望妥辛，武大哥如约来了色柱家接我，并带来一个消息。木奎村的猎民青年海炼早上死了，是一连几天屋子都没生火，这一下酒喝多了，冻死了。

妥辛用野猪肉招待了我和武，五瓶啤酒后，老头的脾气又上来了。

妥辛怎么也不明白自己的十三只"鄂獒"跟藏獒差在什么地方了，藏獒却卖那么贵，"那不就是个看家的狗吗？"妥辛说。

妥辛的鄂獒也确实厉害，按他的话说，个个都是一等兵，对待战友是情同手足，而对待敌人同仇敌忾，让野猪这种敌人闻风丧胆。

妥辛也十分宠爱他的十三太保。有一次出猎，他的一只猎犬在和野猪撕咬中被猎枪击中身亡，妥辛伤心地痛哭了一场。

在从马场回来的路上，武大哥新买的旧车没油了，幸好离托河不是太远，但等到外甥过来加了油，又打不着火了。这是柴油车在冬天常出的问题，我们折腾到半夜才回到托河，冻得够呛。

早晨刚刚透出的光随即被阴云抹成灰色，天阴沉下来。

今天是色柱和苏正式出猎的日子，把家和一条猎狗黑子留给了我。因为这条黑狗太勇猛，见了野猪会不要命地往上冲，有过九死一生的经历，所以不能带它。我的工作是一天烧两遍火和喂一次狗。

早上我看着色柱骑马消失在林中，回到厨房把剩下的饺子喂了黑子。黑子似乎也明白这两天会由我照顾它，俯下身子在我脚背上蹭，还打滚，我悬着的心也放下了。

上午把水缸填满，扫了地，因为色柱说他们走之前不能扫地、收拾家，这是老猎的规矩。

晚上一个人做了面条，火也不旺，挂面又不好，像喝了两碗浆糊一样。

武哥来看我，讲了他的大致经历：

我以前就是这儿的村民，我爸爸就是给鄂伦春族养鹿的，"文化大革命"也没学到啥玩意，就学毛主席语录、喊毛主席万岁了。我还是宣传队的，1971 年沟里修铁路，从张岭一直修到古莲，招工来了。那时我十七岁，别人都走了，我的老师不让我去。我岁数小，学习成绩也还行，我看见朋友们都走了，剩我自己也没意思，就跟着走了。十七岁就参加工作修铁路去了，1971年去，1975年调回来，又放了两年电影。发电厂没人，又让我发电去了，毕竟是国家职工啊，就得听从安排吧，发了六年电。后来乡政府买新车，买了两辆东风，缺司机，让我学开车了，又开了三四年车。派出所又增编，我就去当警察了，当了十四年警察，最后还是出事了，蹲了九年大狱，人生有几个九年啊。

色柱家立柜里的老鼠陪伴了我一宿。

昨天夜里起风了，风把色柱家仓房的塑料布吹得呼啦啦响，屋里还有老鼠叽叽吱吱地叫，我也不知道是否睡了觉。

今早风停了，干冷的空气漫布在托河上空。

黑子的黑毛上有了白霜，见到我就欢腾起来，眼神也温柔。这一晚它冻得够呛，我足足喂了它半锅饭。想必色柱和苏在山上也遭了罪，这就是色柱说的玩吧。

上午没事闲溜达，武哥还是领着两个外甥干活，搭炉灶。今天上棚顶，就是把塑料布绷在顶棚，还要拉一车样子为饭馆开业用。这么些年，他在监狱里什么活儿都干过，做起这些活儿来他是得心应手。

快到中午时，我找到了老于头的家。老于头六十五岁，但是实在是看不出来实际年龄，像四十出头的样子。人爽快，明事理，也好张罗事儿，村子里的红白喜事都离不开他，甚至是两口子干仗都要他来调解。

一进屋，血淋淋的场面吓了我一跳，他正和老伴给貉子剥皮。被剥皮、肢解了的貉子血肉模糊，倒挂在厨房门上，一条毛茸茸的皮子就搭在老伴的脖子上。他说，看！人靠衣服，马靠鞍啊。

老于头养了百十只狐狸和貉子，卖皮子做围脖、皮衣帽子之类。国家有法律不能用棒子打动物，太残忍。他就改用电击，这下和老伴合作又电击了一只貉子，噼啪作响。貉子很快毕命，眼睛还睁着，真是不忍目睹。

猫打来电话说房东又让搬家了。我只好收拾行装离开托河。

2010 乌鲁布铁的越野摩托队

快中午时，刑警到了马场，一干人等又随警察到了麦地。我们远远地看见乌鸦正贪婪地叼抢腐肉，看到人接近了才不情愿地扇动起黑色的大翅膀离开，盘旋在麦地上空，伺机觅食。警察也断定这是受枪击致死，只是还要找到弹头才算证据。

2010 年 9 月 30 日

9 月 27 号，我从敖鲁古雅到阿里河，从飘雪的兴安岭北麓到兴安岭南坡，感觉有了阳光，却缺少了生气。建设繁荣富强的鄂伦春的脚步愈来愈快，但感觉别扭。

这几天一直在距嘎仙洞北三公里的林子里跟拍乌鲁布铁的越野摩托队的小伙子们。我是在北京时接到宏雷电话，说鄂伦春乌鲁布铁镇有一帮玩摩托的小孩，养马和狩猎的父辈与玩极限运动的年轻人对比，肯定是好题材。而且这帮孩子也希望有个人来记录他们真实的生活。

嘎仙洞变得热闹起来。北京的摄制组在这里几天了，小伙子们全副武装，当然不是骑摩托，而是穿着传统的猎装，骑着威风的猎马穿梭在林子里，壮观，激动，仿若回到了狩猎时代。忽然听到导演喊："停！"这美妙的感觉戛然而止，瞬间时光只能停留在像布景一样的有撮罗子的现场。他们说在拍摄鄂伦春族的纪录片。

雷介绍了第一个摩托队的队长亮亮，很有感觉。无语是一种有力量的声音，我还从小利的相机里看到他们真实鲜活的世界，我不知将会以什么样的心态走进去或者走出来。

今天拍摄任务全部完成，小伙子们将要和猎马回乌鲁布铁马场，运输方式是用拉马的车把马运到阿里河南 40 公里的公路头，再骑 30 公里到马场，因为他们就是这么来的。

　　客车把我们和拉着马的车送到公路尽头，亮亮的爸爸阿昌云是队长，给我找了匹老实好骑的猎马，我们开始了一段今生难遇的奇特旅行，当然是对我而言。这是一段难以表述的旅程，我在草原或在旅游点掌握的一点骑马技巧在兴安岭看来难以适用，加上摄影机在颤抖起伏的马背上磕碰前胸，简直是体验了一种几乎绝望的美好。绝望是现实，美好在心底，我终于以这样的方式走进了鄂伦春族兄弟的生活。

　　行程不到一半，亮亮挎起了我的相机，小利背上了沉重的摄影包。我的胯下增添了蛤蟆铺上的毛坐垫后，我依然感觉自己是带着龇牙咧嘴的痛苦表情骑在马背上。对了，我骑的马叫"红头发"，是一匹健壮而温良的红棕种马。我眼睁睁地看到跑在前面的二宝从马上栽了下去，摔在桦树丛里。当我准备闭眼在惊恐中等待同样下场的时候，"红头发"瞬间低下的头突然昂了起来，让我得以稳稳地抓住了缰绳而没落马，不过汗也冒出来了。我承认，这段旅程将是我这半生经历最疯狂的记忆之一。

　　天色暗了下来，银河在夜空逐渐显现。马队的速度缓慢稍许，我身体全部的疼痛才得到缓解。鄂伦春族小伙正听着手机里美妙的蹦迪曲，享受这美妙的旅程，我真是又佩服又汗颜。

　　终于回到马场，僵硬的身体有了疼痛的知觉，终于能写出这点文字，才对得起这难得的经历。我也终于发现鄂伦春不缺乏生气，只是不在我的出生地阿里河而已。

2010 年 10 月 1 日

昨天在疼痛难忍中写完了日记，已是凌晨两点半，在一片如雷的呼噜声中竟没有梦。早晨七点多就被爱恶作剧的小利整醒，他在每个人的脸上用记号笔画上了符号，有的打×，有的画上眼镜，还在一个小伙子的胸上画了副乳罩。小利虽然调皮捣蛋，却已是四岁孩子的父亲，看似没正形，却也有绝活。小利短片拍得很好，用一部小卡片机的录像功能拍了大量的生活短片，鲜活、生动。早晨，小利就带着我把周边的情况一一介绍过了。春天时在哪里搭撮罗子、在哪里下渔网、哪里的山好看等等，眉飞色舞，比比画画、兴奋至极。后来要纸"玩个大的"（大便的意思），我们并排蹲在野地上，他说，桃哥，你的屁股要是对着太阳会更舒服。是的，因为是深秋了，大兴安岭开始变凉。

亮亮很少言语，为人和善，骑马和摩托车都技艺高超，在伙伴里有威信，当了队长。他说，不买衣服，把钱都花在摩托车上，心甘情愿。

快中午时，亮亮接到了小太军的电话，说在麦地旁边发现了一匹死马。亮亮、小利、蛤蟆和勾勾飞速骑上越野摩托向麦田奔去。我坐在勾勾的后面，手托着摄像机，耳边的风呼呼作响，好悬！没把我扔到泥塘。果然看到一匹马平躺在麦田旁，眼睛成了两个黑洞，苍蝇乱呼呼地在上面飞，胸口有个弹孔。亮亮的爸爸也骑马赶来，说至少死了四天了，是偷猎的干的，只有报案等警察来了再说。小伙子们很难过，不声不响地走了。

下午顾磊和乡里的车过来拍照，带来了父亲拍的老照片给老人认。照片里的大多数猎人已不在世，尽管有的人当时很年轻，却大都在三四十岁就离开了。照片上有个英武的猎手被亮亮的爸爸认出来，说是被熊吃了，发现时看到后脑勺有碗口一样大的洞。说者平静，听者胆寒。

下午，我们去拍点素材给乡里做宣传用。在这马场西几公里的石头山的一侧竟看到了一个非常形象的老人头部的侧面像，眼睛、鼻子、嘴和胡须。同来的乡里干部"兴安小哥"命名为"老猎神"，并拍了照片。

晚上吃的是小太军钓的新鲜小鱼，很鲜美，亮亮爸也多喝了两杯，讲了好多好玩的打猎故事，很兴奋。但他突然想起马的事，情绪低落下来，睡觉前不断地说心里真难受啊，心里真难受。

黑灯后，勾勾睡在他身边，看手机的短信，怕影响到别人休息，侧躺着身体，手机把他的身影放大在天棚上，一个有头又有身子的影像在老头的正上方。老头看了半天，很紧张，以为有鬼，后来发现是勾勾的手机整出的光影后，开始骂："你咋整出来的？！这么吓人！你再整啊！破孩子……"我们就在黑暗里听着响彻满屋的骂声，勾勾更是大气不敢出。这让我想到鄂伦春族老人是相信这世间有鬼的，父亲的书里也写到了。

亮亮

小利

勾勾

蛤蟆

以上摄影 王达

在乌鲁布铁的天空　摄影 王达

2010 年 10 月 2 日

喝醉了的阿昌云老头骂了一晚上勾勾，早晨却又早起看马去了，回来后又喝了两杯白酒，本来就红晕的四方大脸庞更红了。两杯酒下肚又想起昨晚鬼影的事，又问勾勾，你给我再整出来一个。勾勾因为实在无法让他相信是手机的光反射的影所致，就一溜烟逃跑了。快中午时，刑警到了马场，一干人等又随警察到了麦地。我们远远地看见乌鸦正贪婪地叼抢腐肉，看到人接近了才不情愿地扇动起黑色的大翅膀离开，盘旋在麦地上空，伺机觅食。警察也断定这是受枪击致死，只是还要找到弹头才算证据。阿昌云可能是喝多了酒，也可能是自己的马不忍动手，刚划开马皮破了膛，转身就要吐。捂了几天膛的马发出一股难忍的臭气，最后还是由秀峰和亮亮联手又割又剁，解剖了马。我不忍看这血腥影像，只好关了液晶屏，用寻像器里的黑白影像记录了这难受至极的过程。最后亮亮还从马肚里拎出了一只小马驹，更令人心里难受。

阿昌云老头始终认为是因为自己的马跑到了汉族邻居包的黄豆地里，才遭此暗算。

警察下午就去了解情况，却不了了之。这个结果也是大家预料的结果。

大兴安岭的秋天来了。

2013 乌兰巴托的冬 —— 乌珠穆沁的萨满

昨晚在"扎门乌德"停车三个小时，已进入了蒙古国。三个小时里，不断有人过来检查护照，填表，特认真，也礼貌。八点时，我们走出车厢去站前的饭馆吃饭，站前都是女商贩，卖奶茶、饮料和水果，除了奶茶，其余都是中国货。这时的气温已是零下 30 摄氏度，几乎没有买东西的人。她们依然低声叫卖，白色哈气在脸盘上扩散，在夜里看，脸盘上都像粘着棉花糖。

2013 年 1 月 10 日

一年前就计划的蒙古国之行总算能成行了。

乌珠穆沁的萨满尔登要去蒙古国看师父。

和猫飞到锡林浩特，下了飞机，零下 28 摄氏度，感觉我们的棉裤不多余。到长途车站正赶上去白音花的班车驶出来，车里还暖和，放着美国大片，一路驶向西乌旗。外面是白茫茫的雪原，感觉实实在在是在路上了。到了西乌旗，宝力道穿着像警服一样的城管服开车接我们回家。

尔登家里热乎乎的，还得开窗放进来点凉风透气。尔登成为萨满不是偶然，他小时在牧区放牧就感觉自己和别人不一样，别人家的牛羊总会丢，他的就不会；他也经常梦见虎、豹、狮、蛇向他靠近而他从不恐惧，甚至是喜悦地接受。成年后，他意识到自己可能和萨满有关联时就去了蒙古国找师父。蒙古国的大萨满，也是国师，见到尔登后认定他祖上几代都是当地的大萨满，只是清朝时期，藏传佛教取代了萨满教，之后在他家断了几代。尔登拜了国师，国师给他做了萨满服，解惑授业。尔登这几年法力增强，所以有了去蒙古国看老师的计划。

下午和猫、宝力道去洗了澡，轻松了很多。聊天才知道，在草原上的蒙古族青年越来越少，城里闲游的青年越来越多。

晚上住在尔登家对面的宾馆，很干净，房间里温度高，洗了衬裤和袜子，很快就干了。

2013 年 1 月 11 日

早晨六点半，天还是黑蓝色的。我们退了房，在又冷又暗的早晨到了尔登家，喝了奶茶，宝力道说要出门了昨晚还失眠。出门后我早早钻进车子，避开猫的镜头。看到尔登媳妇拿着奶酒向天空，尔登也向四方拜，真是好镜头。

下午四点到了二连浩特，感觉这个城市的人都在忙乎着一件事 —— 和蒙古国人做交易。商场、宾馆前都停着很多外国车，很有特色的吉普，还有因为装货太多导致车门关不住而用铁丝绑上的。这个年轻而充满活力的城市已经让我们感觉蒙古国很近了。

下午去了尔登朋友、胖且高大的鄂尔多斯人"大眼睛"那儿取护照。两口子十五年前从蒙古国留学归来后在二连定居，经营蒙汉翻译、签证等业务，看来生意不错。两人晚上请我们吃了一顿丰盛的晚餐。干掉一瓶白酒后，我们晕乎乎地回到酒店，酒店大堂摆满了大纸箱。几个蒙古国妇女正忙着装箱、封箱，里面有玩具火车、飞机、机器人和洋娃娃。进了房间，壁灯不亮，灯泡坏了，真不太像涉外饭店。

二连商业中心里有两个大市场 —— 义乌和温州城，里面所有商品一应俱全，因为主要买家是蒙古族人，聪明的南方人还要学一口流利的蒙古语才能做好生意，所以你看到南方长相却说蒙古语的大小老板在二连是不奇怪的。宝力道还做了个试验，果不其然。我们仨就在市场里闲逛，我花一元钱买了副线手套，看上去不错，就是线头多点。

中午吃完饭，"大眼睛"的妻子莎如娜又带我们到义乌找到朋友换了蒙古币 —— 图。我们换了一万元后一下就变成了百万富翁，腰包里鼓鼓的。

午后三点到了火车站，和别的火车站也没什么区别，只是拿着护照过安检。我在拍尔登过安检时，突然走过来一个警察，用蒙古语对我说不能拍之类的话，并要我立刻掏出证件。正紧张时，萨如娜过来和警察解释了我的工作，才放我出关。

五点十五分开车时，窗外已是暗蓝色，电线杆和隐约的树急速地被甩向远方，和戈壁草原混合在一起，朦朦胧胧的，很像这次旅程开始时的心情。

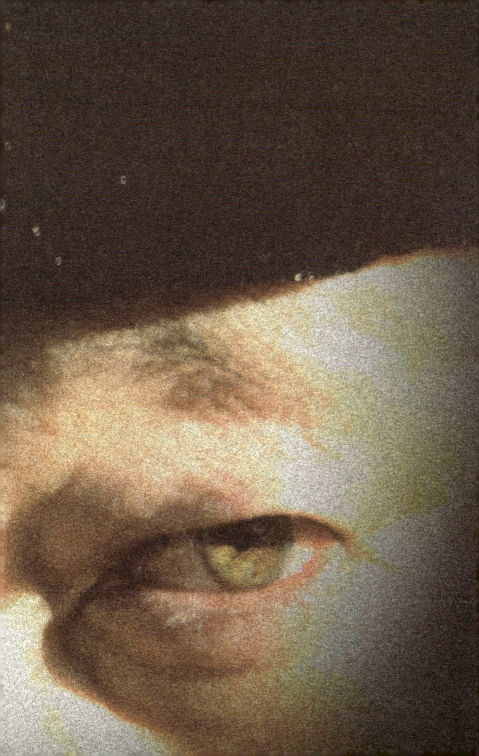

2013 年 1 月 13 日

　　昨晚在"扎门乌德"停车三个小时，已进入了蒙古国。三个小时里，不断有人过来检查护照，填表，特认真，也礼貌。八点时，我们走出车厢去站前的饭馆吃饭，站前都是女商贩，卖奶茶、饮料和水果，除了奶茶，其余都是中国货。这时的气温已是零下 30 摄氏度，几乎没有买东西的人。她们依然低声叫卖，白色哈气在脸盘上扩散，在夜里看，脸盘上都像粘着棉花糖。

　　今早热醒，天已微亮，天边一道火焰的橙红在蓝色夜空中飘摇。

　　尔登用很少的水刷了牙，把毛巾蘸湿擦了脸，抹上隆力奇蛇油，开始对着窗外念经，手里搓着骆驼骨做的骷髅头的念珠，仪式感很强。

　　快中午时，窗外已能看到冒着烟的蒙古包密集地聚集在一起，我感觉乌兰巴托快到了。乌兰巴托的车站乱哄哄的，站台上都是冰。有个穿着笨重的中年人扛着包在我眼前突然摔倒，包滚在一边，吓我一跳，幸好没跟着滑倒。

　　接我们的人也叫尔登，鄂尔多斯人，来这儿七年了，看样子很幽默。他已满嘴酒气，说昨晚参加一个婚礼，喝了一晚上的酒。中午请我们吃了顿地道的中国菜，有点像北京人到了内蒙古被请了一顿烤鸭的感觉。

安顿好住所，尔登和老师冰巴道尔基萨满通了电话，约好下午见。

乌兰巴托的车太多，拥堵，猫说几乎每辆车上都有伤，果然。

冰巴萨满家临近一条大马路，用红砖垒起的两层楼。顶层扎着蒙古包，和周围的现代建筑相比很不协调，透出一股古老部落的气息，也和牌子上写的相吻合："蒙古萨满教中心"。

冰巴萨满端坐在成吉思汗雕像旁的木榻上，神情祥和，却很威严。屋里很多人都是来看病和占卜的。我们一一被摸顶，我感到头顶一麻，有铃铛在我后背上敲，有奇异的感觉。尔登虔诚地

摄影 宝力道

在供桌上一一拜过，很肃穆，我们小心翼翼地拍了下来。

冰巴萨满六十多岁，是蒙古国的国师，几任总统的就职仪式都要有冰巴萨满在博克达汗山⑧祭祀，他在蒙古国有很高的地位。

从萨满家出来，我们逛了中心广场，之后去首饰店，尔登买了首饰。一个小女孩在首饰店外蹲着唱歌，我在她前面的纸盒里放了一元人民币。她好奇地翻过来掉过去看了半天，认定是钱后，冲我笑了起来。

---

⑧博克达汗山：英文名Bogd Khan，在蒙古国境内，位于首都乌兰巴托以南，海拔 2261 米，属于肯特山脉的一部分。

2013 年 1 月 14 日

　　早晨醒得早，拎着相机一个人出来转。乌兰巴托烟雾缭绕，整个城市灰腾腾的，呛嗓子，张不开嘴。蒙古国总人口 270 万，却有一半人口在乌兰巴托。

　　快中午时，我们到了冰巴萨满家，这一次好像是动真格的了：尔登和宝力道父子袒露上身，坐在板凳上，面对苏鲁锭战旗⑨和成吉思汗像。冰巴萨满口中念念有词，好像是驱魔经，手拿法器在

---

⑨苏鲁锭战旗：蒙古语，意思是"矛"，是蒙古族的象征，战神的标志。

他们父子头顶和身上摩擦，之后用事先念过经的酒喷在身上，再用口弦琴和着铜铃，伴着"呼嘞，呼嘞，呼嘞——"的起伏声，空气凝重起来。半小时后，整个仪式结束。后来宝力道说，今天冰巴萨满作法是为尔登在内蒙古"有了点事"而作的。

法事后，我们穿过拥挤的城市到了郊区的天桌山祭祀，冰巴萨满的女儿和尔登祭山。尔登和女萨满绕着"额日古赤⑩"转，把酒和奶洒向天空。之后尔登吹口弦琴，女萨满用铃铛敲弹尔登后背，再次唱起唤神调，伴着"呼嘞，呼嘞，呼嘞——"。忽然，远处无数的乌鸦和鸽子还有不知名的小鸟密集飞来，盘旋在上空。尔登吹完口弦，一头栽倒，抽搐不停，宝力道慌了手脚。幸好女萨满在，知道是附体，让宝力道倒上牛奶和酒，给尔登喝下。尔登缓缓坐起，开始说话、哭泣。后来宝力道说，他爷爷的灵魂附在他爸爸身上了。我目瞪口呆，猫一直开机，忠实地记录下发生的一切，包括我没描述到的。

离开天桌山，已是下午两点，一切恢复了平静。

晚上到尔登的朋友家做客，住在郊区的达赖家。他好像经营着重型机械，院子很大，里面有大型工程车，还有冒着烟的蒙古包。平房里烧得暖暖的，墙壁和地板上铺着蒙古族地毯。他用一盆热乎乎的牛肉和奶茶款待我们，还是典型的蒙古族传统。我给他爱看动画片的小孙女拍了照片。

---

⑩ 额日古赤：蒙古语的通灵架，用三根木头搭起来的三脚架子。

回到酒店，我们感觉意犹未尽，在超市买了蒙古白酒和酸黄瓜，和宝力道喝了起来。宝力道道出心声，说他很矛盾，像钟摆一样摇摆在自己的工作和信仰之间。我和猫听了无语，只是忠实地记录下来……

2013 年 1 月 15 日

昨晚的蒙古白酒有点烈，今早有点头晕，还好，头不疼。上午去了蒙古国最大的寺庙，空灵，祥和，有成百上千的和平鸽自由飞翔。寺庙里有一座二十多米高的佛像，必须仰视才能看到顶，顿生敬意。

从寺庙出来，尔登要去买萨满用具，向导嘎那开车在拥挤的市区转来转去。街旁的现代建筑很有意思，不规则的高楼大厦间夹着苏联时期留下的建筑，虽已破旧，但有那个时代的气息。

开车绕了很久，向导终于在近郊区的一栋老房子找到了萨满用具店。时间已快十二点了，还没开门，按门上的电话号码打过去，过了半小时主人才来开门。这在乌兰巴托是不奇怪的，上午十点之前商店没有营业的，这种专业店就更是了。店主人是个五十多岁的女人，矮个儿、黄卷发，嘴好像永远会保持微笑状，眼睛不大，但拥有灵异的神采。店开在地下室，一扇小窗把冬天清冷的阳光送进来一点，照射在张着翅膀、瞪着眼睛的蒙古金雕标本上。下面的桌子铺满了萨满服上要用到的饰物，有各种绣有图案的彩色布条，还有做成蛇状的粗绳。尔登挑了一只萨满鼓，女主人递给他一根带毛的羊腿鼓槌，敲起来后，整个屋子充满了神秘色彩。我们刚要拍摄，女主人坚决拒绝了，这是在蒙古国第一次被拒拍。尔登订制了一点货，明天再取。出来上车后，他说刚才在屋里头疼，因为这个女店主就是一个萨满，身上带有不同的"神"而有排异。我听后，回想刚看到的店主人的眼睛，浮想联翩。

晚上，宝力道的同学纳木卡和他的女友请我们吃了蒙古餐。纳木卡在乌兰巴托学习综合艺术，其中也有呼麦，还得过蒙古国呼麦大赛的一等奖，应该是很厉害了。小伙子长得精神，方脸，浓眉大眼。他的母亲是上海人，当年作为三千孤儿被乌兰夫接到草原牧民家里，从此留在了内蒙古大草原，很有故事。我们决定回到西乌去探望老人。

乌兰巴托的夜，浓烟弥漫。

2013 年 1 月 16 日

上午尔登再次到冰巴萨满家，这一次是道别。蒙古式的道别没有热泪，没有拥抱，但比热泪和拥抱更深情，更沉着。冰巴上车离开那一瞬，尔登眼里有一丝不易察觉的悲情，不知这一别何年再相逢，想起一句话很适合此时：因为爱，所以深情而绝望。

下午去大市场买了口弦琴，又去女萨满那儿取了订制的法器后，猫和尔登回了酒店，我和宝力道去纳木卡的宿舍继续拍摄。纳木卡住的是留学生公寓，苏联建筑，黄色的墙和木地板，虽然陈旧但有感觉。因为回去后要去他家，所以宝力道留下了纳木卡父母的电话。明天拍他在排练室练习的镜头，恰巧排练室就在我们住的酒店附近。

宝力道又巧遇小学时的同学哈斯乐，他乡遇故知。哈斯乐请我们喝了啤酒，在一家很大的俄式建筑的酒吧里，现场有蒙古乐队的演出。他俩兴奋地随着节奏唱起来，手舞足蹈，显示了年轻人的活力。

2013 年 1 月 17 日

昨晚在音乐酒吧过度兴奋，导致今天宝力道和哈斯乐没精神，快十点了还睡在床上。我昨夜住在尔登萨满的房间，相互比试打呼噜，嗓子干。

快十点时，纳木卡来酒店接上我去了排练室。他要和几个蒙古族朋友组成乐队，这可能形成了下一个片子的开始。因为在纳木卡和他的朋友白音泰用呼麦、电钢琴和马头琴的合奏中，我已找到了感觉。

在十四层的小排练室看到下面拥挤、散漫而又自由的城市，一种说不清楚的情绪油然而起。

下午买了点糖果和茶，都是俄罗斯的。

尔登的朋友为我们饯行后，我们直奔车站，竟然没有安检，也没有检票，径直上了火车。

夜幕下，窗外点点星光，远远近近构成了朦胧的色块，乌兰巴托渐渐远去。

2015 — 2016 新疆

　　别克别来无恙，冬天更显精神，可能和鹰有关，果然下午就开始喂鹰了。他手上戴着厚得像套袖一样长的皮手套，上面有好看的民族图案，拿着鹰眼罩，到仓房里把鹰架回有炉火的房子，摘下眼罩，把之前准备好的狐狸肉一块接一块地喂给它。猎鹰迅速环视四周后，竖起毛发，瞪起带黄圈的圆眼睛，贪婪地吞噬起来，很快狼吞虎咽地消灭了狐狸肉。别克为它梳理了毛发，擦干净了油嘴，再套上眼罩，让两个小孙女坐在腿上玩鹰。还没等开始，吃饱了的猎鹰突然扇起了大翅膀，吓跑了俩孩子。一个镜头拍下来，很有感觉。晚上出去撒尿，头顶星光闪烁，透明的夜空像能看到天界，我的心踏实下来。

2015 年 8 月 10 日

很久没有梦了，早上梦到在海上漂，摇摇晃晃，朦朦胧胧在黑里荡，醒来也是在黑里，摇摇晃晃在一片呼噜和磨牙声中。仔细在记忆里搜寻，原来是在长途大巴里，从巴音布鲁克到阿勒泰的路上。昨晚在和硕上的车，前面躺着导演顾雪，旁边睡着摄影师铸麟，车厢下有我们大小九件摄影器材和行李。

天刚亮，睡眼惺忪地被叫醒，发还身份证，并下车接受检查，因为快进乌鲁木齐市了。我们和维吾尔族人、哈萨克族人、蒙古族人一起下了大巴，拥进一条通道检查身份，感觉像是落魄的难民。

乌鲁木齐有直接到布尔津的班车，又坐了九小时长途，沿途醒醒睡睡。窗外掠过克拉玛依采油的磕头机，掠过开矿的草原，等看到成片竖起壮观的风车时，就接近了布尔津。

布尔津的夜市灯火璀璨，各民族和谐地在冒烟咕咚的烧烤摊前享受美好生活，我的观察和感受从今夜开始。

2015 年 8 月 11 日

昨晚和谢亚的朋友努尔兰通了话，我们在北京的夜市上喝过酒。努尔兰是哈萨克族，魁梧，大脸盘上长着一双善意的小圆眼，是谢亚儿时的伙伴。记得那次喝酒吃烤串，他讲到了哈萨克族悲壮的历史，流了泪。我也动了感情，没想到两年后真来了。我们约好 18 号在阿勒泰见面。

上午去了政府，找了旅游局和宣传部。结果和我想象的一样，充满微笑的推诿，要听上面的安排，按程序办事云云。离开庄重的政府，我吸进了自由的空气。

看来，我们决定以自己的方式进入喀纳斯和禾木村是没错的。

在英国的时候和杨小欧联系过，她之前在法国的让·鲁什电影节看过我的《犴达罕》，并在微博上告诉我了得了大奖，还帮我认真翻译了评语。我们约好回国见，没想到她也到了新疆。中午，杨小欧从阿勒泰来了布尔津。她头上绑着乱乱的辫子，鼻子上套着金属环，胳膊上刺着没完成的文身，身上各民族服饰混搭，扛着非洲帆布包，夹着冬不拉，就这样来和我们见面了。纯波希米亚风格，可她是满族，加上顾雪，在我们三个身边，铸麟成少数民族了。

小欧给我们讲了很多有趣的经历，让我们开了眼界。不一般的女生。

2015 年 8 月 12 日

今早起来嗓子疼，是昨晚在布尔津冒烟咕咚的夜市上喝混了酒的结果。

中午退房，昨天定的车准点到了。回族马司机人不错，热情诚实，一路奔向喀纳斯。幸好管委会的康主任回复了顾雪，我们的车才能进到景区。

喀纳斯巨大的停车场上密密麻麻的车辆已是一景。

我们开车绕过景区向山里走，正是打草的季节，山坡上的牧民赶着马车拖草，在阳光下很好看。晚上住在哈萨克木屋，很老的房子。司机说这是过去的马厩，现在旅游的人多了，马就放出去了，把人关进来更有效益。

吃了拌面和羊肉串，很贵。超市旁有家"旱獭乐队"，几个小伙子的呼麦不错，一天要给游客唱几十场。十月初之前都是旺季，要赶在这时候把钱挣足好过冬。

今天还没理出拍摄头绪。

单向街的维娜是在北京的新疆姑娘，人长得漂亮又热情，做过很多有意思的活动，现在也开始放映独立电影。她帮我联系到李娟，还没有和她通话，就在喀纳斯景区找到了李娟书屋，买了几本书。在这儿打理的段离老师很优雅，边给客人切瓜边讲李娟的事，很有趣。

"打开李娟的书，迎接自然之魂 —— 陈村。"不错。

在马厩睡好像比在宾馆睡得香。

今早起来同伴们还在睡，阳光隐隐透过树的缝隙射在远山，山坡上散落的俄式木屋顶上也有了光。

在这儿上厕所是个问题，擦身过去个哈萨克族装束的妇女，走远后回头看我，我再走远点也回头看她。我们都觉得到了个心理安全的距离时，相继蹲下。

去禾木村的路上，离公路不远处有几户图瓦人家在打草。小孩子在草垛蹿上蹿下，男人和女人各有分工。男人把草割倒拢起，女人骑在马上，拖一根长绳，长绳上拴着两根长棍，插进草堆里拖走。忽然一阵阳光雨袭来，他们丝毫不受影响，继续劳作，小孩子更快活。

山里的图瓦人个头普遍不高，但很结实，多是小眼睛，很警觉，黝黑的脸上加上腼腆的笑，让人感觉很舒服。这家男主人腼腆地拒绝了我们的拍摄，但给我们指了指前面，说有会说普通话的老人。我们找到了他说的老人布力迪，七十一岁，有老伴，三个女儿、两个儿子。大儿子当过禾木村干部，几年前在开会回来的路上出车祸去世。我们见到了他遗留的儿子，在石河子上初二，汉语很好，文明懂事，可能和失去了父爱有关。布力迪老人把滑雪板拿出来给我们看，还穿上走来走去，很生动地演示。图瓦人的滑雪板是用白松做的，前面也是向上弯，底为马腿皮，绑鞋子的是牛皮绳。我更把它当成艺术品来看待，因为禁猎后，雪板已没多大实用价值了。

禾木村相比喀纳斯游客少多了，但看这趋势离热闹并不遥远。

昨晚饭后去了驴友驿站。老板是布尔津人，年轻大个儿，精神，很厚实，拿出了图瓦人酿的奶酒"艾了克"。我们喝得很痛快，后来摇晃着进来个红脸高鼻子，眼神透着真诚。他是驿站的房东努尔巴依，会说普通话。在酒吧刺激的音乐声中，我们交流得也很流畅，感觉他因我是满族而感到亲近。

中午认识了斯琴高娃，图瓦人，在家里开个小民俗馆，有些老物件只能是记忆的标本。想起维佳说过"桦皮船飘进了博物馆"，文明所致。高娃的妹妹要结婚，嫁到喀纳斯，我们准备跟拍。

给昨晚认识的努尔巴依打电话，他还是醉醺醺的，很兴奋地叫我等着他，很快他像风一样就吹进来了。昨晚在酒吧没看清，他原来很高大，看来不是昨天的酒没醒，而是今天又喝多了。他喊我，满族，满族，喜悦的脸上都是兴奋的褶。

我们分头坐他和朋友的摩托车上山，右边是汹涌奔流的禾木河，左面是参天的桦树和红松。我们更像是奔跑在中间的马鹿，很陶醉。顾雪坐的努尔巴依的摩托滑倒了，还好没受伤，顾雪还担心抱着的酒桶别碎了。

我们到了一位叫曲坎的老人家里，努尔巴依依然兴奋，和老人喝酒，我们也喝了奶酒。曲坎八十五岁，不多说话，小眼睛流露出智慧。他把几个木箱打开，里面都是在河边捡来的天然的石头，几乎都像是圆规画出的一样规整。我明白了啥意思，挑了一个小的，老人伸出五指：五块；我又挑了一个稍大的，老人依然伸出五指：十块。我们都显得很开心，反正也商业化了，各取所需。他们家也有个展厅，内容几乎和山下高娃家的一样。有个木马拉雪橇的手工雕刻很生动，是曲坎的儿子做的，我们没能见到，他去打鱼了。我和他十岁的儿子在一张有台布的桌子上打乒乓球，用一张长条板凳权且当作球网，我们很快就玩成了朋友。

努尔巴依更醉了，带我们下山，还好，没再摔倒。

2015 年 8 月 15 日

中午吃的哈萨克房东蒸的包子，香。

小欧要走了，回银川看父母后回法国上学。顾雪昨天说想送她个礼物，还没想好送什么，我想就送她俩一个骑马的小旅行作为礼物吧。因为我刚认识了两个牵马的图瓦小姑娘，她们是西北民大的学生，假期靠给客人牵马来挣学费，每人一趟一百元，山下到点将台，顾雪还能拍个全景剧照用。

下午去了阿哈国际青年旅社，老板阿哈很有趣，不俗，但选择的地方高大上，和青年好像没什么关系，前后左右都是政府行政机构或大酒店，不够接地气。阿哈说在禾木待久了都会得病，我们吓了一跳，问是什么。他眼角和嘴角同时挤成一条缝，说，懒病。我们在这儿喝到了很好的红茶。

马司机带我们去了禾木第一村，老板延斌是辽宁的满族，娶了哈萨克族媳妇，从迟疑到熟络的过程很短。我们在他家又获得了图瓦人家的信息，他推荐的正是我们来禾木碰上的第一户打草人家，是他的老邻居。我们和他媳妇又买上礼物和菜正式登门，男主人和小儿子骑在马上，听延斌媳妇用哈萨克语介绍我们未来的工作，希望在他家拍摄。男主人只是听，不做表态，小儿子倒是在马上欢快起来，因为在第一天来的时候我们已经让他感到了欢乐。延斌媳妇帕很耐心地说服他，在我本想放弃的时候，男主人下了马，请我们进屋喝茶，情况似乎有了转机。

相互沉默的对视再加上帕更耐心的说服，半小时后，男主人表态可以来拍，可见做纪录片先得有一张看上去还算诚实的脸，何况我们有三张。

小儿子开心地荡起秋千，又爬上大车轱辘，车轮一偏，来了个大马趴，栽倒在松软的草地上。远处的山被阴影覆盖，表面有一个椭圆的光斑，山体露出了好看的翠绿。

2015 年 8 月 16 日

巫术就是文明，传说就是历史，歌谣就是灵魂 —— 杨小欧

这是昨晚小欧念的游历东欧游牧部落所写的信笺中我记住的一段，认同。

去德瓦家访拍斯琴高娃妈妈做奶酒，中午内蒙古老乡温都苏就在这儿请我们吃饭，一大盘子手把肉和丰盛的菜，实在的蒙古小伙。我们喝了三壶奶酒，头沉，心热，告别。

阳光热烈地罩在头顶，禾木河顽皮直率地奔跑在红松旁，木栅栏上坐满了等待游客来骑马的戴着墨镜的图瓦人和哈萨克族的姑娘和小伙，空中鹰隼和乌鸦同时盘旋。马、牛、摩托、汽车和游客各自的声音混合组成了现在的禾木，而未来的禾木，会更加绚丽夺目吧。

2015 年 9 月 13 日

从巴音布鲁克到焉耆

我坐在满都力的二手商务车上

后座有活佛

个头很小

戴着金链和金表

窗外的山高过云端

一股流水云里滑落

发白

是被山里矿场精心洗过

像一条哈达装饰了无雪的山

活佛说晕车

我也难受

可能是晕山

满都力嚼着口香糖

愉快地踩着油门

因为他又捎上一个姑娘

2015 年 9 月 14 日

今年是新疆维吾尔自治区成立六十周年。昨天在乌鲁木齐街头看到很多标语，其中一条很有意思：各民族应该像石榴籽一样紧紧地抱在一起。

昨晚八点在碾子沟长途汽车站上车，大巴上热，不开空调，我只好脱了衬衫和裤子。月光落在白花花的大腿上，一车呼噜声和各种气味混合，很生活。

青河的早晨很安静，一车人下来很快就不见了，看来只有我一个外人。果然下午从招待所出来就被警车拦住，警察似乎对我的装束很感兴趣。我也注意到这边没有留长发的，做了身份登记，闲聊几句消除敌意，警车竟然把我送到了要去的博物馆。

午后的青河还热闹点，有几家做手工羊毛地毯的店，还能证明这是个民族的县城。

晚上在路边买了个大石榴，石榴籽确实是紧紧抱在一起的。

2015 年 9 月 16 日

下午打车去阿尕什敖包乡，出了青河县城两公里，景色丰富起来。空气、河流、山脉和草场在忧郁的秋色里。司机王师傅老家在河北保定，生在新疆，形象已很有哈萨克族的模样，善言谈，还掌握了很多哈萨克民族的知识。路上遇见一个戴墨镜的哈萨克族小伙赶着马群回家，奔跑的马蹄扬起尘土，拉石头的红色大卡车在尘土里忽隐忽现，画面很好。敖包乡很有质感，楼房还没有建设到这里，还能保持几年安静。

从口岸回来已近傍晚，晚霞映红了水泥马路和远山，美好得竟然有了孤独感。

快到县城的路边有白桦林，林子里隐现的蒙古包让我有了留下的冲动。我和司机告别，扛着行李和摄影包下了车。

进来后看到这儿其实是个旅游点，认识了主人加。加的小眼睛很精神，腼腆，细高个儿，刚从伊犁师范学院毕业，学的汉语让我们交流很顺畅。安顿好行李，我们去了他的邻居家。邻居是个根雕艺人，红脸大手。院里有个很大的圆形泥木结构的包，旁边散落着完成和没完成的根雕，有鹰，有龙，有小狗，很有趣。在他屋内看到的两件雕塑，让我真正觉得他是艺术家。两件雕塑是用树根创作的，两只伸开五指的大手，粗狂有张力，像德国艺术家柯勒惠支的素描，挣扎在苦难中的大手。

哈萨克老人
2015.9.19
青河阿肯弹唱会上
CUTAO 汪涛

　　加的父亲是个实实在在的胖子，骑着摩托车带着孙子远远过
来时，像是摩托车驮着一座山似的。晚上，调皮的小孙子就在这
座山上爬上爬下地玩，加漂亮的妈妈就在蜡烛的光下炒菜。白菜、
辣椒、西红柿和牛肉的组合，我吃得很香，加的爸爸半躺着吃了
一小盘饭就睡着了。

2015 年 9 月 21 日

　　晃荡了几天，参观了广场的阿肯弹唱会，在宾馆画了几张素
描，吃了几顿抓饭和拌面，和当地开摄影器材的小何喝了顿酒后，
今天总算是上了山。在青河北三十公里的阿热勒乡喀让格托海村，
男主人叫金格斯别克，四十八岁，灰蓝色的眼睛挺明亮，圆脸盘，
长胡须，高原人显老，感觉五十五岁以上。名字太长，就叫他别
克吧。别克喜好马，也喜爱驯鹰，去年在当地举办的猎鹰大赛上
得了一等奖。那次有七十多只鹰和猎手，还吸引来外国人。但随
后林业局宣布鹰为国家保护动物，取缔驯鹰狩猎习俗，所有猎鹰
放归山林，这预示着哈萨克族古老的狩猎方式的终结。而别克的
鹰又飞回来了，现在就在他家的鹰房里，也是灰蓝色的明亮的眼
睛，小心翼翼地窥视门外。要取得猎鹰许可证就如拿到持枪证一
样难，别克很苦恼，只能自言自语地说一句，我不交。我想起一
个鄂伦春族老人曾说的，让我交枪，我就自杀，没枪活着还有啥
意思。

别克家不算富裕，七十只羊，四匹马，十二头牛，但是真诚好客，下午就为我的来访杀了只羊。

27 号村里有个赛马会，别克三岁的马会参加。吃饭前，几家要比赛的马汇集到山脚下的空地开始遛。别克的马跑在了最前面，他很得意地不断捋胡须。骑马的不是小孩，是他的哥哥，五十岁，身材娇小。我抱起他，感觉不到七十斤，应该是符合骑手的重量。

傍晚下起了雨，别克媳妇戴了个头巾在雨里挤奶，奶牛也在雨里瑟瑟发抖。拍摄的画面很好，也实在看到牧户的辛苦，所以更多年轻人纷纷离开牧区，到外面的花花世界去闯荡。

哈萨克族信奉伊斯兰教，礼数很多，吃饭前要净手，行礼拜，双手在胸前，手心向上，捧书状。男主人念完感恩词，双手上移到脸面，手心冲脸，往下一滑，开始用餐。我们先分吃了羊肝，可能是最先熟的原因，其余的肉还在大锅里煮，肉快熟时放进切成片状的胡萝卜，在蒸屉上放上大块土豆，出锅时在大圆盘子底铺上洋葱片。尽管同属游牧民族，这和蒙古族人的吃法完全不同，但和客人分吃肩胛骨是一样的风俗。别克手拿已没有一点肉丝的肩胛骨对着灯看里面的纹路，很严肃地用刀在弧度的顶边划个豁口。在内蒙古，我听牧民说在肩胛骨上能看到羊的数量，而划个豁口是不让别人看到自己家羊有多少。不知道这种说法的可靠性，因为语言的障碍，我能做的只是边谨慎观察边吃饭，饭菜很香。

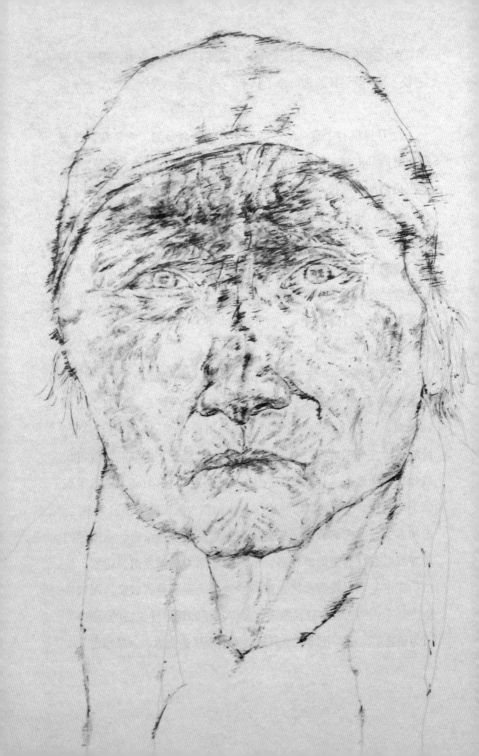

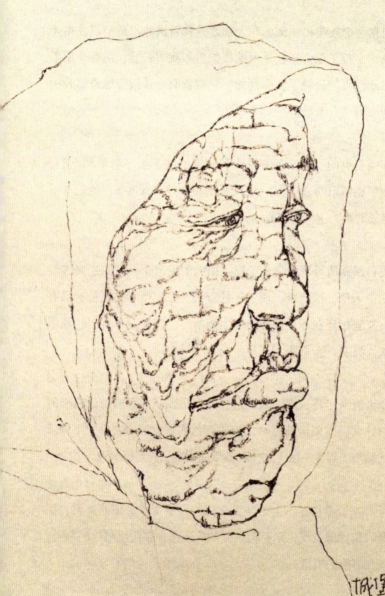

城堡下的老人
CuTAO 2015

别克这个人随和仗义，昨天在遛马场看出他和孩子们也相处得愉快。小孩子很奇怪我手里的摄像机和我的长发，别克介绍了我的工作，可能还说了我会画画，立刻就有小孩兴奋地邀请我去他家画马。

昨晚别克的女儿哈尼亚从青河回来，买了很多糖果和点心，都是哈萨克斯坦的进口货，为 24 号的古尔邦节做准备。他的儿子明天也要回来，这个家庭要热闹起来了。

我和别克的哥哥睡在一个屋。很大的老房子，好像也为过节刚粉刷了墙壁，很洁净，墙上还挂着大块民族图案的壁毯，很有感觉。夜里雨还在下，摸黑出去上厕所，一脚踩进水坑里，灌了一鞋水，溅了一裤子泥，还吓了自己一跳。

今天醒来已是八点，太阳已挂在东山顶，昨天的雨让四周的山雾气迷蒙。太阳再升高时，山的颜色恢复成狼的灰色，山脚下的树从绿渐变到黄，加上大片收割后的麦垄，真是好景致。

可惜好景不长在，上午又下起雨，天空变成忧郁的灰调，温度下降。别克戴着像保尔·柯察金的尖角帽，在雨里喂他的宝马。今天还没有鹰的事情。

闲得难受，又帮不上啥忙，画几张素描打发时间。别克看了，瞪着眼睛竖起了大拇指。

我还没有掌握吃饭的规律，感觉今晚不会再吃饭了，因为刚喝过了奶茶吃了点心，刚要躺下看书，别克喊，顾，顾，饭吃，饭吃。

家里左邻右舍来了八个人，分成两桌，男主人和客人在一个主桌，其中有一位是阿訇。女主人、来的女客和孩子围坐在一个矮桌。一个大圆盘子里是羊肉、洋葱，增加的主食是宽厚的面皮，净手祷告后开吃。我发现用手比用筷子效率高，又不喝酒，一盘子肉和面皮很快就见了底，真正的光盘行动。如果此时有谁突然接了电话就可能因此饿肚子。饭后，由晚辈端着盆，提着壶，肩上搭着手巾，走到每一个客人前净手。阿訇又唱了段《古兰经》，抑扬顿挫，很好听，大家又回到肃穆中。

早晨喝过茶，女主人开始收拾自己，穿上皮靴，披上漂亮的坎肩，女儿哈尼亚给妈妈编辫子，还特别上了点头油。男主人别克倒没怎么打扮，含了口水，用食指在嘴里和牙间反复摩擦几次，把水再吐到手上洗手，牙和手都干净了。这里的水资源丰富，也是用电把地下水抽上来，但牧民依然遵循自然法则，绝对不会浪费，非常环保。别克今天没戴保尔·柯察金的尖角帽，而是戴了红色的摩托头盔，他们要去青河县城走亲戚，明天回来。这是古尔邦节其中的一项内容。

昨晚吃饭认识的邻居小孩艾波力找我玩，他十七岁，但看不出来有那么大，个儿没长起来，瘦且结实，汉语不错，爱聊天，这也让我恢复了说话的功能。我们去爬北边的山，远看是灰灰的一片，有起有伏，像一只冷峻的巨狼盘卧。骑摩托车到了山脚下，这座山是由大小石头组成的，很少长绿色植被，叫狼山不过分。这里的狼也多，所以有几根用石头搭成的人形立柱就是吓唬狼的。艾波力说，这两年有很多狗在主人搬迁后被遗弃，这些狗跑到山里和狼在一起，恢复了狼性，又返回来吃羊，这样的事件很多，过几天村里开会就是要讨论怎么消灭来吃羊的狗的问题。去年边防派出所来打了一次，因为他们有枪，可以合法捕杀。哈萨克族牧民的枪三年前就已被收缴，去年开始收鹰。不知别克未来的生活会怎样，在每个冬季来临的时候。

30 岁的哈尼亚很朴实，能干活的女人也自然美丽。她爱听着

赵庆民了 新疆
崔小冬 2015.9.23

歌干活，手机里也都是哈萨克音乐，有时还唱几句，干活利落。中午炒的白菜、辣椒、胡萝卜和羊肉，颜色好看菜也香，艾波力也在。我还在等吃饭前的祷告，艾波力说，吃吧吃吧，大人不在，我们就不用做了。

2015 年 9 月 24 日

昨晚别克的儿子哈德斯回来了，二十二岁，腼腆，挺精神的小伙，在乌鲁木齐新疆大学读法律，和他聊天，似乎未来他更喜欢做生意。

今早起来，别克家的长条餐桌上已摆满了丰富的食物，糖、各式点心、果酱、葡萄干、奶疙瘩、水果，色彩丰富地衬托在民族图案的桌布上，很漂亮的一组节日静物。

快到中午时，别克和媳妇骑着摩托车从县城回来，买了新靴子给女儿，儿子从邻居家玩回来被爸爸妈妈亲了几口，一家在古尔邦节团聚了。

今天宰羊是不绑腿的。传说今天宰的这只羊是上天堂骑乘的交通工具，绑了腿就无法行走，也就上不了天堂，所以全家齐上阵，解脱了这只未来骑乘的工具。之后男女分工明确，别克和儿子剥皮肢解；哥哥把羊头放在外面的树枝堆起的火上烤、褪毛；妈妈和女儿处理内脏。猎狗不断伸出舌头上下舔着嘴，急切地等待赏赐。猎鹰在它的房间里扑棱着翅膀，呼呼作响。

下午开始串门，像汉族春节一样拜年。我们去了前面两公里多的人家，我和哈德斯骑摩托车先到的。我有时间等，在邻居家白色的房子斜角处，拍到了别克从远处骑马来拜年的长镜头。这户人家有八十六岁的长者，深沉有型，哈萨克版的教父。净了手，开始祈祷，一盘带羊头的肉上桌，别克用刀把羊肉切成片。很奇怪，不是主人在分肉，主人也不用上座，等羊头的两只耳朵切下来后，主人开始在一旁吃羊头。在其他家也是这样，我尚不知其中的含义。我拍了别克和主人谈话的镜头，虽然听不懂，但感觉内容还有意思，拍完也抓着吃了几块肉，别克和邻居却已净手做起了祷告。我慌忙双手在脸上抹一把，带着一脸的羊油赶上了他们的节奏。

从邻居家回来不久，左邻右舍骑马的、骑摩托车的十几口人又会聚到别克家，程序依然。别克也没上桌，站在旁边把羊头吃了，看他的表情，羊头应该很香。

2015 年 9 月 25 日

昨晚上厕所时飘了雪花，但早上阳光出来，好像又回到了初秋。

我开始找活干，而能干的活只是劈柈子，和我小时候在北方的生活有关。哈萨克族人也是烧枯干的树，都是硬木，劈着费劲儿。我找了把木工用的细齿锯，慢慢地转着圈锯，之后再用斧子劈才能弄断，忙活半天也没劈断几根干树，但出了汗，也累得舒服。

中午别克带着神秘的表情来敲窗户，让我和他走。他的摩托车技也高，很稳当地带我穿过了晃晃悠悠的窄木吊桥，又骑了两公里，来到一户人家。有很多马、摩托车、车，一顶帆布的大帐篷支在空地，想起前天别克收到的请柬，可能和这个有关。

果然，是邻居家五岁儿子的割礼仪式。小男孩穿着民族服装，帽子上插着羽毛，欢快地和小朋友们房前屋后地跑闹。帐篷里有红红绿绿的气球，还挂着小男孩骑在马上的照片。七八张桌子已坐满了人，男人和女人分开，青年和老年人分开。几个老人的形象都很好，沧桑凝重，哈萨克版的教父也在其中。等饭的时间很长，真正开始吃却不到十分钟就结束了。大盘子羊肉下面铺的是手抓饭，好吃不浪费。很快大家又聚集在外面，围坐一圈，几个年轻人牵着羊到圈内，年长者依次序颂祝福词，众人附和。小男孩依然和小朋友们在圈外打闹玩，好像今天这个活动和他没什么关系，除了穿上一套新衣裳。

据说一月份割礼，但愿我能赶上。

2015 年 9 月 26 日

这两天和别克儿子哈德斯熟了，他答应给我做翻译。他家的片子拍完后，晚上没啥事，我们突发奇想去青河玩。我也要给家里打电话了，今天是儿子的一周岁生日。又约上哈德斯的两个弟弟，黑咕隆咚地走上了公路。月亮在石头山的背后，月光映出石山的剪影，有的剪影非常像老虎、狮子或狼。我指给他们看，还有一个很像北京猿人的剪影。几个小孩惊奇地喊"太像了太像了"。艾波力还由衷地发出感叹："这真是个浪漫的夜晚！"

一个星期在山里没出来，感觉青河灯火辉煌，很美，怪不得年轻人都向往城市，这下我理解了。古尔邦节还在继续，村里的年轻人几乎都在县城，彼此兴奋地打着招呼拜年。我们去了台球厅玩到半夜，出来又吃了拉面、肉夹馍，然后找了家宾馆睡下。旁边房间传来吉他伴奏哈萨克族的男女青年大合唱，还有啤酒瓶子叮叮当当的脆响。小孩们捂着耳朵睡不着，而我把这个当成了美妙的催眠曲。

青河确实热闹起来，古尔邦节、十一、中秋连着过，是商家冬季来临前最后的商机。商店门口的大喇叭在喊着促销、打折、抽奖，人行道上也都是瓜果梨桃铺了满街。

我买了手锯，一长一短两把，还买了豆角、胡萝卜、葱、姜、蒜和切面。

中午回到村里我做了焖面，别克一家人齐齐地坐在床边，一声不出地看着，我干着活直想笑。焖面出锅，一家人小心翼翼地尝了外来的食物，别克竖起了大拇指，弟弟，好吃，好吃！是个愉快的中午。

明天要赛马了，下午拍了别克和哥哥给赛马洗澡。这匹马是花十五万买来的伊犁马，别克非常精心地伺候。昨天还发现他遛马的时候用手指沾马毛上的汗再放嘴里尝味道，又做了根新的马鞭，但愿明天是个好日子。

2015 年 9 月 28 日

今早下雪了，赛马和山羊的身上有一层薄雪。喝完茶，别克和哥哥骑马先走，哈德斯骑摩托带我。我们在一条泥泞的小道上向山坡行驶，细密的雪迎面扑来，冷得咬牙。摩托镜里映出哈德斯像刚洗还没来得及擦干的脸，前胸也湿透了。我躲在他后面还好点，但脖子得抻长看路。猎狗从出门就跟着我们跑，估计也在后悔不该跟来。翻过了一座摩托车能过的山后，我们开始爬山，艰难才开始。落了雪的石头滑，还没有可抓的东西，即使有，拿着三脚架也腾不出手，我只能弓着腰斜上，踩着哈德斯的脚印，不敢往回看。一个半小时我到了山顶，两腿发软，满头大汗，比我先到的哈德斯正在听手机里的音乐等我，真服了哈萨克族小伙。别克和哥哥骑马从另一侧山脊也赶到了，迎着细密的雪，我无力取出摄像机，用手机录了段视频。

我们是最先到赛马场地的，所谓赛场只是相对平坦的开阔地。雪没停，还有风，衣服湿，不敢动，难受。

今天主办赛马的是前天给小孩办割礼请客的那家的邻居，等人聚齐已近中午，都是附近的村民。骑手除了别克五十岁的哥哥，都是十岁左右的小孩。开始准备的阶段很混乱，人吼马嘶，加上湿了的枯树笼起的火冒出的浓烟，像回到了古战场，画面很好看。

终于近三十匹的马队出发了，骑手要骑出 15 公里后开始比赛。大家利用这个间隙开始摔跤，有个青年被摔倒的同时裤子也被扯开了，露出白白的衬裤，大家一阵哄笑。

半个小时后，第一匹马跑回来，后面陆续跑回来的有别克的爱马，得了第六名。对于五十岁的骑手哥哥来说，这是很好的成绩了。

别克得到的奖品是一台缝纫机。

人马齐散，我和哈德斯继续翻山，腿僵心凉身出汗。如果还有这样需要翻山参加的赛马，我真不知自己还有没有勇气加入。

2015 年 9 月 30 日

　　昨天从北屯到了布尔津，一路戈壁绵延，青灰色里偶尔还有点点老绿，远山顶上一层白发，略显苍老的深秋。

　　今天下午遇见了古丽：细高挑的身材，黄发，眼睛已有些疲惫，可能和中午的酒有关，但桃心似的嘴唇红彤彤，像没沾过酒精。如果隔远一些，看不到古丽唇上的青胡须楂和略显坚强的下巴，那她还真是个美女。古丽住在汽车站旁边胡同里的小旅馆，靠帮老板收拾房间得以免费住。这个旅馆其实是没法收拾的，老屋，床破，被褥脏，应该是布尔津最低端的旅馆，十元一个床位。

山东老板倒是干净利落爽快人，浓眉三角眼，总是笑，和半老徐娘的服务员搂搂抱抱的，在阴暗大厅射进的一缕阳光里。古丽在听歌醒酒，声音极大的哈萨克斯坦的摇滚乐盖过了破旧电视里放的抗日剧的音量，还有一个抱着拐杖睡觉的一只腿先生打着呼噜。古丽把我给她画的素描折了四折，塞进床下，说我画得不漂亮，但我在画老板时，她不断从铺下拽出来看。我说老板像八路抗日名将，老板开心地把画贴在墙上，把我画的半老徐娘的服务员的画贴在他的旁边，笑说多有夫妻相。服务员随即扯下，说太像了，别被人认出来。

这个下午，我感受到了生活本来应有的气息，尽管房间还发着霉味儿。

古丽说明天回家带上我，一个小时的路程，有大巴车直接到。

2015 年 10 月 1 日

　　早晨古丽的床头还有半瓶酒，她低着头，难受的样子。但刷牙洗脸化妆的时候又像完全没事儿了一样，进房间时还在我裤裆上迅速抓了一下。我们打了车回家，50 公里的盐池，她在路上又喝了一瓶啤酒，强烈要求司机打开录音机，又抽着烟，司机很反感却又无奈。

　　古丽的妈妈很热情地接待了我，一桌古尔邦节才摆满的果品点心，后来知道是古丽打电话说带朋友回来，她妈听成了是男朋友，不过哈萨克族本来就是热情好客的民族。她的妈妈很瘦，眼睛不大，很慈爱，还有两个小孩在院子里玩，是她弟弟的两个女儿，顽皮可爱，但似乎与又像叔叔又像阿姨的古丽有距离，既怕她的胡楂扎脸，又希望在她那儿能得到零花钱。

　　肉快煮好时，古丽已喝迷糊，突然和妈妈吵了起来，甚至要摔东西，拉着我就要走。孩子们若无其事继续远远地玩。我没理她，吃着她妈妈捞出来的热乎乎的羊肉，过会儿就在床上睡了过去。再醒来时好像什么也没发生一样，对于喝酒的人，这一点我早已习惯。下午和小孩们在院子里玩，很让她们开心。

　　晚上我们各睡一边，古丽的呼噜声起，我倒睡不着了。

2015 年 10 月 4 日

　　昨晚和宝峰睡在小旅馆，古丽很开心我们在，尽管她还没问过我的名字。

　　今天下午和古丽去朋友家，走时她喷了一身花露水，很呛鼻。她说上个月没有睫毛膏了，用黑鞋油替代，眼睛疼了好几天。路上她照例喝一瓶啤酒解渴，古丽其实已是酒精成瘾，不喝手就会发抖，又买了两瓶白酒送朋友。戈壁滩一望无际，只有低矮的灌木提供了距离的参照，古丽的家就是从这儿的村子搬迁到盐池的。十几公里的土路走得很漫长，碎石头打在车底盘咔咔响，回族司机后悔来这戈壁滩。

　　她的朋友是给回族老板放牧的，也是古丽家的老邻居，很亲近。在两瓶酒喝掉后，冬不拉的琴声回荡在旷野上，窗外一匹棕色的马也像是在欣赏这音乐。

2016 年 2 月 8 日

时间过得好快,一晃几个月没了,前天和宝峰从北京上火车,昨天在车上算是过了年。一路车厢也没几个乘客,窗外荒凉的戈壁随着车的速度此起彼伏,偶尔有孤独的骆驼在远处东张西望。同车厢在北京酒店打工的武威女孩和男友趴在窗前看风景,向一起回家过年的男友讲小时候的事:骆驼不稀奇,小时候我二姑家就有,我去了就和哥哥一起搭上梯子爬到骆驼背上玩,骆驼还能耕地,每次喂骆驼都得在食物里拌上一袋盐。男友好奇地点头称赞,问,后来呢,女孩说,后来我姑家孩子都进城打工了,把骆驼杀掉吃肉了。

午夜时过了哈密,车厢人更少了。两个列车服务员邀请我们去餐车,和他们一起吃年夜饭。四十多个列车员,两个列车长,每桌八个菜,还有汤饺、八宝饭。维吾尔族小伙弹唱得好听,列车长也翩翩起舞,乘警在狭窄的过道上武了几下拳,短暂的欢乐中把年过了,我的嗓子还很疼。

今早六点到了终点,除了楼顶的霓虹灯和几个饭馆的灯光,乌鲁木齐还沉睡在深蓝的色彩中。我在汽车站旁的酒店洗完澡,轻松很多,买了汽车票,街上瞎溜达。开门的都是民族门市,伊斯兰只过古尔邦节和肉孜节,他们此时在享受没有汉人的宁静。马路上呼啸而过的装甲车吓了我们一跳。我又剪了头发,理发师是维吾尔族小伙,带了个徒弟站在旁边。徒弟十五六岁的样子,茶壶盖头,大眼睛,但没看师父怎样给我理发,而是直勾勾地盯着电视上的连续剧。我买了俩馕和瓜子，在乌鲁木齐到布尔津的长途车上大睡。宝峰喝完最后一点草原白，睡得更香，醒来说脖子好像拧着了，疼。是啊，从北京到现在我们已经坐了近五十个小时的车。

2016 年 2 月 9 日

昨晚八点半到了布尔津，安静的城加上节日里一闪一闪的彩灯。大年初一，没有爆竹的响声，看来汉族同胞已撤回口内过春节了。吃了熟悉的拌面，去公交站旁的胡同旅馆找古丽，没想到旅馆居然还营业。之前尖嘴吊眼的川女在床上刺十字绣，一个矮个儿男人斜躺在脏旧的沙发里，正在玩手机上的斗地主。尖嘴女说，这是新老板，安徽人，山东老板回老家了，古丽也不来了。小屋炉火很旺，烧出一股说不清的味道。

中午，马司机说找到了古丽的下落，在草原二队，开了理发店，我很惊奇古丽的这一变化。下午马司机接我们去找，50 公里的路，在有雪的路上车开得很快，我居然还睡了一觉。连找了两家美发店都关着门。第三家的门开着，店主很胖，满脸胡楂，穿着女衣，红嘴唇，大手脚，显然误会了。我想起古丽家在盐池，幸好很近，直接找到了她的家。古丽刚睡醒，腼腆害羞地倒茶，说忌酒了，从去年十一月份到现在没出门，父亲病了走不开，今年也没什么打算。看来她非常平静地进入了生活的常态中。我们约好后天再来，回来的路上飘起了蒙蒙细雪，天空深沉。

2016 年 2 月 10 日

早晨古丽用别人的手机打来电话，声音沙哑，隐约说的是她妈妈要请我们吃饭，我们很兴奋地买了糖果，铁盒包装的饼干，打上车去盐池，却是一个铁锁恭候。给古丽妈妈打电话，说正在阿勒泰给父亲看病，拨古丽打来的那个电话也拨不通。外面实在太冷，胡子都上了冰霜，只好把东西放在门口，两瓶酒藏在空的汽油桶里，把已经走远的出租车叫回来。出租车司机很纳闷我们为什么打车跑这么远放东西，路上接到古丽打来的电话，说刚才在邻居的房子里。司机说少数民族人不靠谱，我不认同，是我们缺少了点耐心吧。

晚上八点半，坐大巴车从北屯到清河，也是静悄悄的城，空气清爽，没有鞭炮的硫黄味。秋天住过的宾馆的长脸老板娘还记得我，她戴着老花镜一边刺着十字绣，一边惊叹我在这样冷的季节能来。和别克的儿子哈德斯通了话，他口气里隐藏着兴奋，我问方便住吗，电话那头只听到，"来，来，来"。晚上吃的维吾尔族食堂的拌面，味道不错。夜里刚躺下就有敲门声，派出所民警来查身份证，看来在这外来人口很少的县城里，我们还是很显眼。

2016 年 2 月 11 日

新疆和北京有两个小时的时差，这几天都是自然醒，也不过八点。在宾馆洗了衬衣、裤衩，为了下山时能有换洗的。上午出去转转，买了绒手套、哈德斯要的儿童感冒药、土豆、白菜、西红柿、圆葱等等，宝峰还买了两瓶二锅头灌进矿泉水瓶里。到了中午，司机叶刻奋拉我们上了山，一路是好看的洁白世界，心情也纯净清爽了。

别克的家冬天很热闹，两个女儿带着孩子都在。三女儿玛扎顽皮爱笑，她的女儿一岁半，正和二女儿的孩子躲在两个柜子中间的缝里哭，因为舅舅哈德斯吓唬她们，说不听话就会有人来割耳朵。别克别来无恙，冬天更显精神，可能和鹰有关。果然下午就开始喂鹰了。他手上戴着厚得像套袖一样长的皮手套，上面有好看的民族图案，拿着鹰眼罩，到仓房里把鹰架回有炉火的房子，摘下眼罩，用之前准备好的狐狸肉一块接一块地喂给它。猎鹰迅速环视四周后，竖起毛发，瞪起带黄圈的圆眼睛，贪婪地吞噬起来，很快狼吞虎咽地消灭了狐狸肉。别克为它梳理了毛发，擦干净了油嘴，再套上眼罩，让两个小孙女坐在腿上玩鹰。还没等开始，吃饱了的猎鹰突然扇起了大翅膀，吓跑了俩孩子。一个镜头拍下来，很有感觉。晚上出去撒尿，头顶星光闪烁，透明的夜空像能看到天界，我的心踏实下来。

昨晚睡在大通铺，我还是秋天来时睡的那个位置，靠窗，往北排开是宝峰、别克、玛扎、玛扎的女儿，拐角的床上是别克的老婆，别克的哥哥在厨房里，哈德斯去了艾波力家睡。这也是冬天为了集中供暖，节省能源的方式，这样我们也能更好地观察到哈萨克族牧民的日常生活。昨晚睡觉前，两个女儿为了哄孩子不闹，在床上爬，让孩子当马骑，两匹马还相互追赶、嘶鸣。孩子们兴奋不已，抓紧"缰绳"，怕落下马。我想起了小时候哄弟弟也是做这样的游戏。

今早天没亮，女主人已起床烧茶，过一会儿别克起来诵经。三女儿玛扎像从梦中惊醒，迅速爬起来把双手放在胸前，等爸爸诵经结束，双手在脸上自上向下拂后，倒头再睡。

午饭后，别克骑马去了邻居家帮着驯马，为明天青河的赛马做准备。没有带我去的意思，我索性睡觉。冬天男人的活少，儿子哈德斯每天玩手机的时间很长，他心爱的黑狗一星期前被偷了，这个假期让他很难过。

被自己的呼噜打醒，看外面晴朗的天，给司机叶刻奋打电话，让他送我们去喀让格扎海村。这个村四月份要整体搬过到青河南七十公里的新村，按人口给农耕地种葵花。牧民再把地租给口内的汉人，喀让格托海将变成水库，未来建设旅游点。去年九月和哈德斯去他姐姐家，家里的正房已租给工程队，铲车和翻斗停在院里，工人们嗑着瓜子晒着太阳聊天，好像在等待作战命令一样。远处的沟壑里，参天大树横七竖八地卧倒，树根盘错交织，一幅人工变化的拆迁图。在我们去的路上，司机说这一代好过了，每家还有补偿。可下一代呢？牧民失去了祖祖辈辈依靠的大自然，可不好活了。

远山和沟壑都被洁白的雪覆盖，好像不曾也不会发生什么，哈德斯姐姐家的铲车和翻斗也不在，要等到冰雪消融的春天。哈德斯的姐姐家在享受最后的宁静。

今天开始记录：八岁的女儿在院子里推着手推车的轱辘玩，帮大肚子的妈妈和面，七十岁的奶奶在床上祈祷念经，远处雪山顶最后一抹夕阳的光……

我们今天本是来找找看这个村有没有明天参加青河赛马会的，但因为就要搬迁了，牧民已无心赛马，甚至过冬的牛圈都没搭，看来大家都在等待冰雪消融的那一刻……

因为哈德斯最心爱的狗被人偷了，也可能已被人吃掉，他心情很不好。但昨晚这个状况改变了，他和艾波力去了别村的朋友那儿又抱回来一只漂亮的白狗。爪子大，毛色好，小白狗好像也知道换了新主人，很乖巧地任由哈德斯摆弄。艾波力本来要去当兵，但年龄还不够。他说已做好去部队的准备，在部队不仅不能好好睡觉、好好吃饭、痛快地玩，还得准备吃苦，但是为了穿上那身漂亮的军装，这一切都可以接受。

艾波力的哥哥说最不靠谱的是司机的承诺。也是，我们催促了好几次，司机都说快到了，但等到他接到我们上路已近十二点。知道要进城，小孩们都很兴奋，也不一定是真关注赛马的活动。

今天的赛马会分两组：第一组是小马，二十多匹马跑六圈分胜负，第二组成年马。八十多匹一起跑，穿着五颜六色羽绒服的小赛手呼啸着从起点奔来，马蹄溅起的雪呈雾状，也有人仰马翻的惊心动魄。最后因为第二和第三的名次争执不下，孩子哭大人叫，分不了胜负，比赛不了了之。人太多，也不好找到别克，冻得哆哆嗦嗦的我们在面馆吃了面，打了几杆台球，算是没白进趟城。

2016 年 2 月 14 日

早晨太阳还没起，照样先起床的是别克老婆，之后是别克。我坐起来的时候，玛扎隔着宝峰对我说，你做梦了，自己和自己说话，说完做了个鬼脸。

喝过茶，玛扎和妈妈编夏天毡房里的帘子。色彩极其鲜艳的毛线缠在苇杆上，还要把不同颜色的彩线分开缠，这样出来后是一扇整体的民族图案，很下功夫，年轻人很难坐得住。玛扎的办法是边听音乐边干活，随着音乐的节奏干活儿。窗户前的光线很美，别克进来取马鞍，听到快节奏的音乐也受了感染，舞蹈起来。真是个美好的上午。

中午太阳很大，似乎春天在悄悄走近别克的家。别克用猎刀肢解了一条狐狸腿，又把给鹰喂水的吸管准备好，倒了碗温水后去鹰房。猎鹰似乎熟悉别克的脚步和气息，在黑暗的房间开始以热烈的尖叫迎接主人。别克把房门打开，猎鹰欢快急躁地要出去，不想戴眼罩，扑扇的大翅膀带起的尘土像是在风雪中，画面非常好看。别克满头大汗，很费劲地给鹰戴上眼罩，把鹰架在有民族图案的皮手套上带回厨房。黑色的长三十厘米的吸管直插进鹰嘴通到胃，别克用嘴含口水对着吸管把水顺进鹰胃，被刺激的猎鹰又扑扇起大翅膀，把两个小孩吓得要哭。

下午别克穿上了老羊皮袄，腰扎武装带，挎着猎刀，头戴狐狸皮帽要去驯鹰，很威武。去年夏天我给画过画的小孩让我骑他的马，我笨笨地刚坐到马上，还没来得及抱住小骑手，马一转身，我就感觉突然仰望到蓝天，还看到了左手的相机绳在空中飘。我被马甩了下来，雪地上印出了我的胖身体，相机还举在空中，只是震掉了话筒，摔疼了我的屁股。不过没白摔，见识了别克和他的猎鹰雄姿，我为他拍了很好的纪念照。

太阳没落山前，哈德斯给新来的小白狗搭了窝。别克给小孩们讲他过去驯鹰的故事，小孩们用双手支起下巴聚精会神地听，像回到了久远的狩猎时代。玛扎和妈妈整整编织了一天的彩色苇帘，电视里江苏台正播放着党员反腐的讲座，邻居艾波力躺在床上玩手机，太阳要落山了。

2016 年 2 月 15 日

昨晚别克和老婆去朋友家吃饭，我想起朋友伟仁教过我的一道菜：白菜土豆片，他号称"八分钟"，很下饭，好吃，晚饭就由我来做。如果看我的文章又喜欢做饭的朋友可以学一下做法：三个土豆切成片，整棵长白菜，用菜刀片成大片到大盆里，用水泡上，把切好的肉片放在油锅里翻炒，放进三头蒜，是的，三头蒜，葱和姜随意，花椒少许，吃辣的可放干辣椒，把白菜从水里捞出进锅，加上盐和酱油搅匀，铺上土豆片，千万别放水，盖上锅盖，可以去抽烟了，八分钟后出锅即可。但在牧区没有花椒，没有葱，用了点十三香和圆葱。八分钟后土豆也没熟，我和宝峰小心地把菜端上桌。玛扎和她的俩孩子，别克、哈德斯、还有艾波力，都拿着筷子盛好米饭等着了。我观察他们吃的表情好像非常好吃的意思，事实也是如此，一棵大白菜和土豆啥都没剩。我和宝峰趁机每人喝了三两酒，很美。

中午和玛扎学会了用 1 到 10 的数字画哈萨克族青年头像，1、9和 8 是帽子，7 是后脑勺，6 是鼻子，3 是嘴，4 是下巴颏儿，5 和2 是耳朵，10 是眼眉和眼睛，非常生动有趣。我还以为是哈萨克族民间流传的玩法，其实是她小学时老师布置的作业，她自己想出来的。下午司机来接我们去喀让格托海，玛扎带了孩子去姐姐家，司机在冰雪路面上显示了他的技术。

刚把菜放进家里，我们就看到远处的树林里一匹马拉着雪橇向我们房子走来。宝峰赶紧跑进屋里取出相机和三脚架，抓拍了这难得的画面。骑在马上的老人发现我们在拍，还正了一下身体，热情地邀请我们去喝茶，这正是我们所愿。我在他家院子里拍了全家福，老人六十一岁，是退休老师，所以会说汉语。喀让格托海以前也是有学校的，十年前撤的校，附近学生都要去60公里外的青河上学。

　　玛扎的姐姐哈莉发、三十五岁的姐夫穆哄都是本村牧民，有一百五十只羊、五匹马和六头牛。七十五岁的母亲和蔼可亲，除了搓毛绳就是躺在床上，不言不语地等待眼前即将发生的变化。她在这个村生活了五十年。哈莉发挺着大肚子给我们倒茶，她这个月就要生了，好像是个男孩。八岁的女儿迪达尔七岁就会做饭了，那天拍了她和面，今天她用水果刀削土豆皮，很是有模有样。我做的土豆片炒芹菜，加了点胡萝卜，大家吃得香，一下子熟络成自家人，看来这是一个很好的开始。

2016 年 2 月 16 日

上午闲着没事，和宝峰、迪达尔弄劈柴，穆哄做了示范。哈萨克族的斧子有点像欧洲中世纪冷兵器时代的战斧，把长木杆劈成 50 厘米一段，不仅要力气，更需技术，我们费了好大气力才弄了一小推车。

我们劈柴的工夫，哈莉发的亲戚到了，两个中年妇女、一个少妇，在白雪里衬出彩色的头巾和衣服很好看。中午，主人炖了一锅肉，少妇懂汉语，请她替我提了个关于是否愿意搬迁的话题。几个妇女和穆哄的妈妈就此开始了热烈的讨论，因为我们相互不再陌生，这就意味着开始进入主题。哈莉发挺着大肚子从早到晚就没闲着，下午还在大洗衣盆里洗衣服，幸好有八岁的迪达尔帮忙。爸爸穆哄根本不会上手，他正和邻居激烈地斗着地主。

下午玛扎带着孩子回别克家，说有车来接，其实来的是一匹马拉着的爬犁。

晚上月亮周围有了一圈光晕，想起玛丽亚－索说过，月亮戴头巾，最冷的天到了。今天我们弄了一小车劈柴，尽了点心意。

今天果然冷，窗上的霜更厚了，但牧民不会因天气而晚起。穆哄和迪达尔早早就在牛圈清理牛粪，迪达尔干得卖力，呼出的哈气和牛的哈气一样有劲儿，真不知这样的生活结束后，她的力气会用在哪儿。穆哄刚和我们认识的时候很害羞，我一拍摄他就静止，表情都僵住了，这两天熟了，我发现他其实很幽默有趣。今天他清理完牛粪，把叉子放好，突然抱住了牛，骑了上去，笑呵呵地被牛甩了下来，很顽皮。

邻居叶郎别克与我们也相处熟了，他每天饮马都会经过我们的房子，他就会让我在房子角等他，他快速追马让我拍。我昨天拍到了他从马上掉下来的照片，还好没摔坏。

快中午时，阳光让村庄温暖了些。穆哄和叶郎别克还有另一个小伙玩起了手推车的轱辘，三个人扔来扔去，轱辘在空中被接力，接轱辘运动之后又开始摔跤，穆哄胜了俩伙伴。媳妇哈莉发并不稀罕她老公的力量，挺着肚子挤牛奶。迪达尔和她的妹妹与我们更熟了，反倒不利于拍摄，她们经常要抢去相机自己拍，或跑到镜头前做鬼脸。我就只好放下机器陪她俩玩，打雪仗、上雪山、追马，我觉得自己的血压又升高了。

下午回到别克家，有三个理由让他宰了只羊：一是儿子哈德斯开学了，二是我们也要回布尔津，三是青河来了亲戚。而错过的是他们今天中午的一次驯马，只拍了去年秋天麦地上的那次，这也是纪录片常有的遗憾吧。不过我还有时间继续观察别克和他的生活，三月再见。

今晚有朦胧的月光，还有毛毛雪洒在有马的院子里。

前天回到布尔津，今天就接到古丽的电话，沙哑着嗓子用别人的手机让我去找她。我们在一个黑咕隆咚的小卖店见了面，矮黑的老板娘叼着烟卷和几个老头打牌。古丽穿着大长靴，坐在黑暗的角落里抽烟，她说这几天去了北屯，在一个地下洗头房被黑社会老大关起来了，每天只发馒头和粥，挣的钱也都上缴，有小弟看着，昨天找个机会偷跑了出来。我不知道该信她还是不信。

我们吃完饺子回了她盐池的家，一路她又因为口渴喝了两瓶啤酒。

古丽妈妈和爸爸从阿勒泰看病回来，精神都很好，这也是少数民族天然的乐观性。去年秋天，古丽弟弟的两个女儿和我玩得挺好，总问爷爷"骨头"啥时候来。古丽爸带我去了他儿子家，俩女孩自然开心见到我，半年没见，明显长大了，她们的妈妈还拉起手风琴唱起了歌。在这么欢乐的时刻，古丽还是老样子，坐在火墙床边，粗壮的手指夹着细细的烟卷，表情忧伤。她说很担心父亲的病，成宿睡不着觉，胸口闷。弟弟的两个女儿和我们回来，想小心翼翼地绕过"大姑"古丽，但还是被抓住抱起来被胡楂姑姑亲了一口，老大迅速地跑掉。有时俩孩子也挺大胆，比如古丽化妆的时候，她俩会近距离好奇地一边观察古丽怎样抹口红，一边笑。

晚饭是一大盘牛肉，底下垫着宽厚的面，肉上面放着细圆葱，解馋又解腻。古丽洗过碗后偷藏了一瓶酒去了姐姐家，一口酒一口奶茶，喝了大半瓶，下午还忧伤的表情瞬时欢快起来。古丽给本分老实的姐姐、姐夫讲起了外面的世界，眉飞色舞，令听者着迷。趁着姐姐去厨房加茶水的空隙，古丽把酒从桌子下面传递给姐夫。姐夫眼睛看着厨房，敏捷准确地在桌下抓到酒杯，一仰脖，美的偷喝过程结束。

　　昨晚古丽因为喝了那瓶酒，到睡觉前还在兴奋中，今早就耷拉着脑袋，眼神没光了，这是她生活的常态。她不明白为什么别人会用异样的眼光看她，为什么她碰不到爱情，只有听收录机里的爱情歌曲，让自己短暂沉浸在有爱的世界里。古丽瞬间泪流满面，头靠着火墙，粗壮的手指夹着烟，烟头的烟灰很长。

　　今天上午就是这样。

　　中午古丽洗了头，表情稍好些，可能没有睫毛膏了，让弟弟的女儿找到鞋油，用手纸卷了个尖抹在眼毛上，好像忘记了去年抹鞋油让眼睛疼了几天的事。

　　下午我要走了，虽然说好三月份还来，可她还是失声哭了出来，泪流满面。出租车司机似乎认为我们真的是一对情侣，令我更加愧疚。

2019 再见新疆

三年过去了，我终于鼓起勇气，来了新疆。昨天在乌鲁木齐离谢平老师办公室最近的一家宾馆里写了篇东西，算是了了一个朋友的约稿：

过去了的年

又要过年了，却发现好久没过过年了，或者过了也觉得没过一样，但渐秃的头顶和凸起的肚子印证了年是一年年过了的，秃加凸，脑满加肠肥。而年的味道早已散去。

总算还有美妙的童年和少年的记忆，在年里。

八十年代的鄂伦春旗，生活物资匮乏，办年货得去 30 公里外的加格达奇。我记得我和画友小国搭火车去加格达奇玩，顺便买菜。他背了一筐芹菜，搭火车回来的，为了逃票就在车厢外死死把着车门，风呼呼地吹着他的头发和芹菜。到站时看到他的头都吹歪了，芹菜叶子都吹掉了，倒是省了择叶子的时间。

快过年时，一家子人把存钱罐打开，几分几毛地数，一年竟然攒下了四十多元钱，这是最幸福和兴奋的时刻，意外之财可以买鞭炮、灯笼、磕头潦（最细小的蜡烛，能放在用罐头瓶做的灯里）。我用分得的零钱买了很多鞭炮，怕受潮放在炕上，没想到过年要放时，发现鞭炮捻子被两岁的弟弟都给拔掉了。

那时过年最有仪式感的是大年三十祭祖坟，下午五六点吃完饭（一定是一年中吃得最香、最撑的一顿饭）。我爸和我姐骑上自行车，带上我去祖坟送灯。我们都戴着厚厚的棉帽子，捂得严严实实的也能听到车轱辘轧在雪道上吱吱呀呀的北方的声响。大约骑行一个小时就到了镇南的大岭上，在挂满白雪的毛草丛里找到爷爷奶奶的墓，打扫好碑前空地，放供品，放磕头潦和罐头瓶做的灯。太阳落山后呈现出幽蓝的夜色，罐头瓶里忽闪着红火苗，如神灵的呓语。

时间回溯到2002年，无成无绩北漂的我回到了大兴安岭，看到了年迈的父母，重读了父亲的《猎民生活日记》，感觉血液喷涌。大年初二，我去了父亲年轻时的拍摄地敖鲁古雅。几乎所有的年轻猎民都坐在猎手何协家的炕上，一个搪瓷缸子装满了散白酒，一圈圈轮流喝，喝红了脸，喝红了眼，酒气哭泣弥漫了木刻楞，为即将到来的生态移民，为即将到来的缴枪。那一年，也喝红了眼睛的我，决定做纪录片了。

又要过年了，却发现好久没过过年了……

与三年前不同，乌鲁木齐碾子沟长途汽车站搬迁到新址。旁边是新的火车站，都很气派，警力也部署得多了，更有安全感了吧。昨晚下起了雪，高速公路封闭了，去布尔津的长途客车慢悠悠地游晃在国道上。两侧白茫茫，偶有冒着白烟的工厂掠过。车上乘客都是去哈巴河、吉木乃和布尔津的。我旁侧坐着一位身形巨大的胖老头，一个人占着俩座，眯着眼睛爱说笑。

胖老头是哈萨克族，年轻时是哈巴河最厉害的拳击手之一，经常代表地区出去打比赛。中途在沙门子镇停车休息，在黑乎乎的小卖部，脏的大铁炉子上的铝壶冒着蒸汽，有条瘸腿狗窜来窜去。胖老头吃了六个茶叶蛋，还说年轻时一顿吃过二十个鸡蛋。我和巴图吃了两桶泡面和谢老师妈妈做的好吃的咸菜。车再次上路，睡睡醒醒地又经过几道关卡，长途客车在夜色里喷吐着白色的哈气到了布尔津。

2019 年 1 月 18 日

昨晚住在青年旅社，五十元一间房，其实只能算是旅店，从湖南来的两口子在经营，女老板温和爱笑。

今早感觉到冷了，昨天说好的车临时接了包车的活，我们另打了一辆出租车去盐池。路上有一匹马跑在清冷的公路上，很"新疆"。

古丽妈妈依然精干，还认识我，中午麻利地做了午饭。她先用油炒牛肉片，接着洋葱、白菜、芹菜、红尖椒依次翻炒，作料是番茄酱和酱油，出锅再放蒜末，把菜放在米饭上。好吃，又学会了一道哈萨克族家常菜。古丽爸爸身体还不错，两年前整晚睡不着觉，现在恢复了，给人放牛，一个月工资三千，是全家的主要生活来源。这里没有公厕，我和巴图翻过两个坝，在一片林子里解手，看到野兔在雪地里蹦跳着进了树丛。

古丽这两年一直在家，沉默寡言了，妆容淡了，显露了男儿色，红红的羽绒服在雪地上很耀眼。我们去新开的小商店买了菜，古丽还是买了一瓶白酒，说晚上吃肉喝。

古丽弟弟的两个小女儿也漂漂亮亮地长大了，和几个男孩在院里踢球，惊得牛四处逃窜。

昨晚古丽带巴图出去喝酒，之前吃肉时也喝了，趁她妈妈做饭时悄悄把藏起来的酒偷喝上几口，今早就都趴在炕上蒙头睡。下午实在无聊，和巴图去小卖店买瓜子。还是十一岁的维吾尔族女孩在卖货，今天又多了一个妹妹，眼睛都是灰蓝色的，很漂亮。妹妹爱说笑，学习拳击是为了在学校不被男生欺负。我们就和她一起坐上了她爸爸的拉货车去了镇上。哈巴河来的教练开的拳击班到三月份，十几个大小不等的十几岁孩子在呼哈着练拳，墙上挂着一面国旗。教练看我在拍，马上拉我在国旗下合影。后来听拳击女孩的妈妈说，教练看我又是长发又是胡子又东问西问的，怕是来拐小孩的，所以留了个心眼儿，照相留个证据。

回到古丽家，古丽还在睡，打着呼噜，家里也有亲戚串门。我们正拷贝素材时，进来三个警察，说话很硬，拿走了身份证，要看电脑里的拍摄内容，让我们收拾东西去派出所，同时把古丽叫醒，出去接受讯问。我迅速给朋友发了位置，留下乌鲁木齐谢老师的电话。和警察走出院子时，对面又来了位警察，客气地握了手，说自己是所长。我说明了来历，所长笑了，说看了我在一席上的演讲，人对上了，我暗暗感谢了一下一席。原来我在迅速发出位置和联系人时，警察也在往所里发信息核实身份，我们不用去派出所了。回屋发现古丽没回来，直到我们吃完晚饭，天已完全黑下来，古丽才哆哆嗦嗦进了屋，说一直在房子后面等着，怕警察因为她昨晚喝酒了来抓她。

今天和巴图分头拍摄，他在古丽家，我去小卖店找维吾尔族女孩去拳击班。

拳击老师消除了误会，非常配合拍摄，起劲儿地和孩子们训练，间歇还要教导孩子们：我们是中国人，爱我们的祖国，爱老人和父母，不欺负人。

下午再去时，教练和孩子们都在街道上训练。冬天的太阳又高又亮，衬着蓝天，小拳手鲜艳的手套和帽子衬着呼出的哈气，很扎眼。

拍摄时古丽总打来电话，因为我在别处拍，她似乎有点吃醋。

晚上在练拳击的维吾尔族女孩家吃饭，一大盘子牛肉、马肠子、面，很好吃。

饭后两个女孩和妈妈、教练一起跳起舞来，一曲《黑走马》，整个屋子都热起来了，外面的狗也欢快地吼叫着配合。

　　拳击手的爸爸是维吾尔族，妈妈是哈萨克族。三个孩子都聪明伶俐，十一岁的姐姐话不多，爱笑，喜欢画画，喜欢帮妈妈在小商店卖货，不爱照相；十岁的妹妹顽皮，时尚，爱跳舞，现在喜欢拳击；七岁的弟弟喜欢手机里的战斗游戏，曾把一辆自行车拆掉又完整组装好，爱表现。昨晚当着拳击教练的面使劲擦地，擦了三遍，满头流汗。

　　下午搭车到北屯，驯鹰别克的儿子哈德斯大学已毕业，没找工作，开了修车铺，约好明天见。

2019 年 1 月 23 日

今天起得晚，昨晚饺子吃多了，和巴图喝了几瓶啤酒后，又打了台球，算是休息一下。和三哥也会合了，他开始拍《江格尔史诗》，看了素材，感觉对。

中午见到哈德斯和他的女友及他的妹妹，女友也是哈萨克族，有气质，幼儿园老师，是哈德斯高中同学，又是同桌，去年已经订婚。

晚上赶到青河已经十点，还落下了两个三脚架在北屯宾馆，只好在这里等哈德斯明天找车捎过来。

昨晚就和艾波力联系上了。两年间艾波力有了变化，结实了，成熟了。记得三年前他最想当兵，后来不招兵了。他现在成了村里的一名协警，每月有三千块钱工资，不用靠父母给钱玩了。今天早早起来，去商店买了圆白菜、圆葱、土豆、胡萝卜、红辣椒、番茄酱，都是哈萨克族常吃的。我回宾馆叫醒巴图，吃了包子喝了奶茶，这就快十一点了。这时艾波力也找上门，我们收拾行囊，退房，打车，行驶在新修的柏油马路上，一路耀眼的雪和阳光。

路好车快，半个小时就进了村。艾波力说去年发洪水，冲走了河边的房子和人，木桥也被冲走了。

遇见别克正骑着马，两年了没什么变化，灰蓝眼睛闪闪发光，头戴传统的哈萨克族大皮帽子，腰扎武装带，骑在马上很神气。

别克的哥哥更没变化，瘦而不弱，还是干那些活：生火、煮茶、劈柴、喂牛马。艾波力给我们介绍的翻译小黑下午也来了，十四岁，壮实的黑小子，二年级就开始读汉语班，聪明，有见识。

下午拍了别克和哥哥做马笼头。但他俩干完活后更多的时间是看微信和抖音，这是两年前没有的内容。

2019 年 1 月 25 日

上午艾波力和小黑开上车带我去叶尔波利家，三年前在青河赛马会上见过他，还拍了他觉得裁判不公平，骑在马上流泪叫喊的镜头。也让我想起了他的爸爸，三年前他在一个聚会上喝多了酒，手舞足蹈地高兴过度了，在人群里很显眼。今天他好像也喝了酒，很兴奋。媳妇就在旁边训斥他，但也会被他逗得笑出声来，很幽默的一位爸爸。

叶尔波利不在家，在青河一个饭馆打工。后天他的爸爸要去青河，我准备去感受一下，看有没有拍成个片的可能。

午后，别克很快用皮条和柳枝做了两根马鞭，之后指挥哥哥和小黑驯了一匹小黑马，剩下的时间就是看微信和抖音。

晚上在艾波力家吃了马肉、马肠子，非常好吃。

2019 年 1 月 26 日

早上起来，门外一层白砂糖似的雪铺满山野，黑马、黑狗、黑牛就格外显眼。

今天还是没见到别克的金雕，因为别克被有关部门通知不要把猎鹰拿出来让人拍摄。幸好三年前拍了别克喂鹰、遛鹰的镜头。这次发现别克年轻了，是因为胡子也不让留了。

中午小黑的爸爸开车送我们去足球比赛的地方，路上别克和小黑的爸爸说今年四月份要把鹰放归山林，让它寻找自己的生路，彻底结束第五代猎鹰人的历史之类 —— 这是事后小黑翻译的。

足球场比赛火热进行，不远处围了半圈哈萨克毡房，都是喝茶吃饭的地方，类似蒙古族的那达慕。警察告知不能拍摄，我们只能无聊地转悠，别克带我们进了一个毡房，原来是他女儿玛扎开的包子铺。我们买了好吃的牛肉圆葱包子，总算找回了些愉快。

回青河的路上，骑手叶尔波利打来电话，说在戈壁火焰火锅店等我们。晚饭我们索性就吃的火锅。巴图拍了叶尔波利干活的镜头，这两年他变得时髦了，十七岁，退学了，个儿还没长起来，是骑手的身材。邻座旳儿个哈萨克族年轻人把我看成了网红，过来——敬酒、合影，热情得让我只能咧嘴笑着配合。

饭店打烊后，我们随叶尔波利去了他住的地方。三个打工小伙伴住在一张床上，工资两千，月租六百，似乎都在享受着离开家、离开父母，自食其力无拘无束的快感，但不知这样的快乐能维持多久。

约好后天和叶尔波利去练骑马。

昨天算是休整了一天，和巴图去逛街，喝了粉汤，吃了花卷，饱得有了自信。

巴图昨晚去了叶尔波利的租房，拍到后半夜，几个小伙喝酒玩闹舞蹈。我看了素材，很有趣。

今早天还没亮，我们跟随叶尔波利去骑马。我还以为是练习，其实是他提前给马的主人打了电话。感觉在山脚下突然集结了一支骑兵部队，只是装束各异。他们在雪原上追逐、马背上打闹、抢羊皮、角力，冰冷的原野瞬时热气腾腾。叶尔波利更是卖力，年少气盛，有劲儿。

下午，穆哄开着带护栏的小货车接上我们去他们的定居点。穆哄发福了，看来是移民后闲暇时间多了，又开了车。

哈莉发没变化，第三个孩子也三岁了，胖墩墩的大眼睛女孩。迪达尔是十一岁的大姑娘了，见到她时正在院子里干活，开始害羞了。老奶奶也精神，民族味儿十足。

欢迎晚饭自然是大盘子肉、马肠、圆葱、奶茶，今天有了酸奶粥。

　　昨天下午和迪达尔去一条商业街买了小零食。在管区已有几家很大的超市、菜店、服装店，还有饭店、宾馆。门前停了几辆出租车，其中也有穆哄的运货车。穆哄移民的新家有个很大的院子，院子里养了牛、马、羊，但是以饲料喂养为主。住人的房子有地暖，还能上厕所，房间也宽敞。我们就住在木地台上，铺的毯子都很好看。

　　去年在几所大学讲座，放《喀让格托海》片花后的交流环节，我都会提到穆哄一家在移民后的不适，这次来拍摄也是为了证明移民后他们精神和家园的丢失。现在看来，这是我主观的理解，事实上，穆哄一家已完全沉浸在墙上的标语里：像城里人一样生活。

　　离开穆哄家，迪达尔和她的妹妹们倚在铁栅栏送别，眼神里有欢迎我再来的期盼。

　　哈萨克族司机开的出租车很快，掠过一排排整齐的定居点，掠过超市、宾馆、饭店。灰色天空飘洒着细密的雪花，我在困意来临前想起几年前写的一首诗：

沉醉于萨满神鼓的肌肤

我醉了的心将永久睡去

请你记住

当那匹我们的烈马孤寂的哭泣声

在我的坟墓上缓缓散开时

我再也不能看见你

远离了故乡的

爱人

图书在版编目（CIP）数据

边地记事 / 顾桃著． -- 北京：北京联合出版公司，
2022.7

ISBN 978-7-5596-6037-4

Ⅰ．①边… Ⅱ．①顾… Ⅲ．①日记－作品集－中国－
当代 Ⅳ．① I267.5

中国版本图书馆 CIP 数据核字（2022）第 039359 号

边地记事

作　　者：顾　桃
出 品 人：赵红仕
策　　划：乐府文化
责任编辑：李艳芬
责任印制：耿云龙
特约编辑：刘衍衍
营销编辑：云　子　帅　子
装帧设计：赖　超

北京联合出版公司出版
（北京市西城区德外大街 83 号楼 9 层　100088）
北京联合天畅文化传播公司发行
北京美图印务有限公司印刷　新华书店经销
65 千字　880 毫米 ×1230 毫米　1/32　7.25 印张
2022 年 7 月第 1 版　　2022 年 7 月第 1 次印刷
ISBN 978-7-5596-6037-4
定价：58.00 元